小学館文庫

# ポケットに物語を入れて

角田光代



小学館

ポケットに物語を入れて——目次

## 3

## 4

## 5

＊本書で取り上げた本の「出版社名」は、入手しやすい文庫を表記しました。
但し、親本と文庫の出版社が異なる場合は、二社を併記しました。

# ポケットに物語を入れて

# あなたのポケットの、あなただけの物語

文庫本を買うと、本文の終わりに、作者ではない人によって書かれた「解説」というものが入っている。はじめて文庫本を買った中学生のころからこの「解説」はあるから、今ではもう、あるのが当然と思っている。

「解説」をずーっと読んできた私は、おそらく、解説イコール答えのように思っていた。本文たる小説を読んで、おもしろかったけれど何かひとつわからないなという感想で読み終えて、解説を読む。わからなかったことが、わかったような気になる。自分がまったく気づかなかったことが書かれていると、新鮮な気持ちになる。

はじめて「解説」を依頼されたときは、だから、ものすごく驚き、どうしようかと悩んだ。その文庫本は、幸運なことに『忌野旅日記』である。長いこと大ファンだった人の著書である。どうしようどうしようどうしようと悩んで、はたと気づいた。解

説って、答えだと思いこんでいたけれどそれは間違いで、答えとは違うものなのではないか。いや、もし答えのようなものなのだとしても、私はそうではないものを書けばいいのではないか。忌野「旅」日記なので、私も旅についてのことを、本の感想というより、このバンドマンへのラブレターのように書いた。そのようにしか書けなかった。それが、本書にも収められているが、今読んでも、「解説」とは違ったものだよなあと思う。

小説というもの、あるいは、エッセイやドキュメンタリーを含む書物というものに、正解がある、と思うのは大きな間違いだと、もう少し後になってから私は気づいた。物書きになって十年目くらいだろうか。私の書いた小説やエッセイの一部が、中学高校のテスト問題として使われるようになった。そういう場合は、テストの実施後、このようにして使用したというサンプルが送られてくる。最初はものめずらしくて、解こうとしてみる。

じつに多くの作家が、自分の書いたものを使ったテスト問題を解こうとするようである。そのようなエッセイをよく目にする。そしてみんな、解けないらしい。書いたときの自分の意図が、次の一から四までのうちひとつを選びなさい、という選択肢のどれにも当てはまらない。

しかし私はすんなりと全問解けた。そして驚いた。テストの考えかたと、小説の読みかたというのが、まるきり違うとこのとき気づいたのである。小学校から受験をせずに高校生になった私は、大学受験のために、生まれてはじめて猛烈な勉強をした。予備校にも熱心に通った。このとき、国語の問題の解きかたを徹底的に教わった。国語の問題の解きかたというのはじつにシンプルで、答えはみんな本文（テストに引用されている部分）に書かれているのである。棒線の引いてある「それ」が何かを答えなさい、などという問題があるが、その答えは、「それ」を含む文章の前後にかならずある。次の一から四までのうちのひとつ、というのも、さがしかたがちゃんとある。

テストを前にすると、私は自動的にテスト脳になって、自分が書いたものだろうが、自動的に答えてしまう。そのように次々と解きながら、小説を読むって、答えることとずいぶん異なるものなのだなあとはじめて気づいたのである。たとえば「彼はぼんやりと窓の外に目を向けた」という一文に線が引っぱってあって、このときの彼の気持ちを二十字以内で説明しなさいとある。これもまた解きかたがあるから、私はわりあい正しく解けるけれど、小説として書いているとき、彼は何にも考えていないことが多いし、読み手として読んでいるときは、その彼が何を考えているかなんてわからない。そしてただ、書き手も読み手も、彼の目線を追って、同じく（実在しない）窓の外を眺めるだけだ。とくに読み手として、彼の目線を追って、彼が見ているであろう景色に目をこらすとき、ひとつの正解などにはおさまらないほどの、ときに言葉にならないほどの、深い世界や余韻が広がる。それが、読むことの豊穣だ。

これといった結論が出ずに、静かにフェイドアウトするような小説があって、私はその作者のそのようなところが好きなのだが、友人に貸したところ、「これはどう読んだらいいの?」と読後、訊かれた。「ふわー、っと読めばいいんだよ」と答えながら、この友人が訊いているのは、テスト的にどう読めばいいのかということだ、と気づいた。作者が何を言わんとしているか、二十字以内で答えられない、と友人は言っているのだ。

「次のうちから正解を選びなさい」というテストを子どものころからやっているから、かつての私のように、書物には正解があると無自覚に思いこんでいる人は、案外多いのではないかと、この友人から本を受け取りながら思った。

正解なんてどこにもないが、正解よりもはるかに巨大なものがある。その巨大なものの、どこに触れてもいいのだし、どこにも触れられなくてもいいのだ。本は本というかたちで世に出たとたん、作者は消えるに等しい。作者の言わんとするところなんて、本の豊穣にくらべたら、まったく意味がない。と、私は思っている。

読書というのはかくも寛容だ。

はじめての文庫本解説でそうしたように、その後も、書評でも解説でも、私の気持ちとしては感想文として、「私はこのように読んだ」という巨大なもののほんの一部、私が触れることのできたところのみを書いてきた。ほかの人の書いた解説や書評も、そのように読むようになった。そうすると、実際に会話するわけではないが、会話が生まれる。へえ、あなたはそこを触ったんだね、そんなふうな感触だったんだね。え、そんな部分があったとは、ぜんぜん気づかなかった、私ももう一度、あの巨大なものを違う角度から見てみよう……等々と。

この一冊には、今まで書かせていただいたたくさんの感想文がおさめられている。もし既読の本なら、そんなふうに会話するように読んでいただければ、未読の本ならちょっと興味を持っていただければ、とてもうれしいです。

# 1

# 冬の光
## 宮沢賢治の童話

小学生のとき、宮沢賢治の物語が好きで、卒業するまでに図書室にある童話集をすべて読もうと思っていた。布地の表紙の、ページの隅の黄ばんだ大判な本だった。すべて読めたのかどうか、思い出せないけれど、けっこうたくさん読んだ。

大人になって読み返すと、こんなにもよくわからない話を子どもなのによく読んでいたなあと思う。でも、理解する、しないとか、解釈する、しないとかではなくて、ただ、情景を思い浮かべていたんだろうなあと思う。大人になった私にとって、宮沢賢治は、物語ではなく光景を描く人だ。うつくしい光景を言葉でつむいで見せる人。子どもの私はただ、その光景をうっとりと見ていたんだろうと思う。

その光景の多くは、冬のもののように思う。実際の物語は、冬でないことだって多い。「風の又三郎」には夏の水遊びが描かれているし、「どんぐりと山猫」は秋、「土神と狐」は夏のはじめ。そもそも宮沢賢治の童話には蛙やひばりといった、冬には冬眠していたりあたたかい場所にいく動物たちが多く描かれているし、マグノリア、百合、さるとりいばら、ひなげしなど、春から夏にかけての植物もたくさん登場する。だから冬の物語自体は、けっして多くはないのだ。でも、なぜだろう、宮沢賢治の物語を思い出すとき、その光景は冬の光のなかにある。

冬の日射しは夏より尖っていて、木々や家々の輪郭をよりくっきりと光らせる。空気が澄んでいて、遠くの山は書き割りみたいに迫って見える。夕方前にはもう、光景に淡い金粉がまぶされ、暮れはじめた空には一番星が光る。月も星もくっきりと瞬く。生きることの残酷さが、強いものと弱いもののものがなしさが、冬の日射しのなかに少しだけやわらぐ。「すべてあらゆるいきものは、みんな気のいい、かわいそうなものである。けっして憎んではならん。」冬の日にこそ、こんな言葉はあたたかく響く。

（『冬の本』［夏葉社］所収　2012・12）

# なんて明るい小説なんだろう

## 太宰治『斜陽』（新潮文庫ほか）

すごい。出てくる人たちの、この見事な駄目っぷりはすごい。母親はたいそう美しくスウプを飲むが、しかしフランス人形のように役立たずだし、長女かず子はキスをされただけで妻子持ちに夢中になり、ほとんど妄想の手紙を書き連ねるし、長男直治は元阿片中毒、薬屋にこしらえた借金は親がかりで返してもらい、ぐだぐだ文句を言ってばかりいる。かず子が恋をする作家上原も、三軒、四軒とはしごして飲み（しかもツケ）、家にまったく帰らない、しかも髪は薄く、肌は黄色く、前歯の欠けた、老猿のごとき男。彼らに私が感じるのは、悲哀でなくて滑稽さである。

生活するお金がなくなり、伊豆の山荘にひきこもり、それでもだれも働くことなく、生活はますます困窮し、母がかず子に「嫁にいくか、女中になるか」とひっそりと訊くとき、私は耳をふさいでぎゃーと叫びだしたくなる。息苦しいのだ。この人たちが生きていく道は本当にない。嫁にいくか、女中になるか。かろうじてある道がその二つ。嫁か女中かの選択に、家族全員の生活がのしかかってくるのである。しかも、そのどちらも嫌だと言ってかず子はちいさな子どものように騒ぎ出す。二十九歳なのに。このかず子が、現実逃避するかの如く上原に妄想手紙を書くに至っては、息苦しさも頂点を越え、笑い出したくなる。

この小説に私がもっとも感情移入するのが、彼らに送金する叔父さんだ。叔父さんの目線になるとこの家族は妖怪みたいに見える。お願いだから、だれか、働いてくれ、たのんます、と畳に頭をすりつけてお願いしたくなる。

しかし不思議なことに、読み終えて私は思うのだ。なんて明るい小説なんだろうと。八方塞がりの息苦しさ、ちらつく絶望、次々起こる不幸、それにもかかわらずこの小説は明るい。

この小説が書いているのは没落貴族の悲哀ではなくて、生きることの壮絶さだと私は思っている。世のなかは、爵位制度も戦後の混乱も、存在したことすら忘れようとしている。直治の嘆いた「人間は、みな、平等だ」に向かって世のなかは邁進した。生きることが壮絶であると、世のなかは忘れさせようとし、私たちは気づかないふりをする。そんな今の私たちにも作者はささやき続ける。死なないでいる、ということがどれほど奇跡的なことなのか。賞賛ではない、作者にとってはほとんど驚愕だ。

　この小説が、あるいはこの作家が今でも読まれ続けているのは、そうしていつ読み返してもちっとも古くさく感じられないのは、そのあたりに理由があると私は思う。懸命に私たちが忘れようとしていることをいともたやすく思い出させてくれるから。思い出させ、私たちが小説にではなく、小説が私たちに共感してくれるから。

　かず子はへべれけ男上原の子どもを身ごもる。そんなのお先真っ暗だ、と読み手の私は思いながら、しかし不思議と、作中の息苦しさが姿を変えないまま不可思議な希望に転じるのを感じる。一日のはじまりの、まっさらな光ではなくて、夜になる直前の、頼りない黄金色の光、その美しさに目を見はる。

（「名短篇」〔「新潮」別冊〕2005・1）

# 世界はひとつではない

松谷みよ子『モモちゃんとアカネちゃん』（講談社）

小学校一年生のときに作家になりたいと思ったのは、『ちいさいモモちゃん』ではじまる一連のシリーズに魅せられたからだ。そうして当時の私が読んだモモちゃんシリーズのなかでもっとも心惹かれたのも、大人になってからしょっちゅう思い出しているのも、『モモちゃんとアカネちゃん』である。この本は、私が七歳のときに出版された。だから私は、この本のなかで小学校一年生になり、二年生に進級するモモちゃんを、ときに同級生のように、ときに自分のように感じていた。いや、今も、そう感じている。

モモちゃんの世界は、最初の『ちいさいモモちゃん』から現実と非現実、彼岸《ひがん》此岸《しがん》、動物（あるいはモノ）と人間といった垣根がない。みな渾然一体となってモモちゃんたちの世界に在る。

そして三冊目の『モモちゃんとアカネちゃん』だけ、非現実、あるいは彼岸の色合いが、ぐっと深く濃いように感じられる。そのことは、はじめて読んだ子どものころから感じていた。

何しろこの一冊には、死に神や森のおばあさん、靴だけ帰ってくる父親や、歩く木なんてものが登場する。それらの意味を、子どもの私はわかってはいなかった。いったいママに何が起きているのか。パパとママがもうずっとけんかをせず、ママがていねいに話すようになったのに、二人が「もっか、けんかちゅう」だとモモちゃんは理解している。そのことくらいは、モモちゃんと同い年の私にも理解できた。ただその先がわからない。「さようならをする」ことが、離婚という言葉と頭で結びつきはしても、何がどうなったのか、何がどうなるのかもわからない。

具体的なことなど、七歳児には何ひとつわからない。しかし、感じ取ることはできる。だれにもどうしようもできない何ごとかが起きていること。たぶんそれは、ママの力をもってしてもあらがえないこと。そうして、その「どうしようもできないこと」というのは、死とか、あの世とか、目に見えないものと何かしらのかかわりを持っているらしいこと。

幼い私はそのことを感じ、だから長らく、この一冊のことを忘れられなかった。靴だけ帰ってくる父親や、歩く木と育つ木、それを見せるおばあさんのエピソードを、書きつけられた言葉、ほぼそのまま、ずっと覚えていた。

人を恋することや、その恋がうまくいくとはかぎらないことを知るくらいには大人になったとき、私はこの本を読みかえした。そうしてモモちゃんたちの両親に何があったのか、育つ木とは何か歩く木とは何か、やどり木とは何か、死に神はなぜあらわれたのか、子どもにはわかりようのない大人の事情が、やっとわかった。

わかってはじめて、私は松谷みよ子という作家のすごさをあらためて思い知らされた。子どもにはわかりようのないことでも、感じ取ることのできるように、この作家は書いたのだ。そうしてその通り、幼い私はそれを感じ取った。

配偶者と別れなければならないことが、あるいは夫がほかの人と恋愛をすることが、死とかあの世とつながっているのではない。生きていくなかには私たちにどうしようもできないものごとがあり、それはたとえば、家族の離散であるし、死を含む別離である。そのどうしようもできなさに人の情や念といったものが生じ、ときにこの世に残されて、漂う。靴しか帰ってこない夫、枕元に毎夜あらわれる死に神。どうにもならないことで悩み抜く母親は、死と、あの世と、もっとも近しい場所にいる。大人になって意味がわかったとき、私ははじめてこの本を読んで泣いた。

そして今また読みかえして、私は思うのだ。死に神や森のおばあさんと、おいしいもの好きのくまや、アカネの親友たる靴下たちは、陰と陽、対極の世界に存在しているように思っていたけれど、じつはおなじ場所に在るのではないか。現実には見えない場所。陽も陰も正も負も光も影も意味を持たない、豊潤な世界。

私が見ているこの現実が、唯一の世界ではないというのが、七歳の私がこの作家に教わったものすごく馬鹿でかいことで、それは今も、私が小説を書くときの軸になっている。

（「ＭＯＥ」2011・11）

# もうひとつのガイドブック

## キューバでヘミングウェイを読む

よほどの旅通なら必要もないのだろうが、ふつう、旅はガイドブックとともに歩く。私もそうだ。ガイドブックで地図を眺め食堂をさがし、少しの会話を覚え、目的地へのいきかたを調べバスの乗りかたを覚える。二十年のあいだ、そのようにして旅をしている。

小説や随筆といった文学作品もガイドブックになりうると気づいたのは、二十代の終わりのころだ。一カ月間のベトナムの旅のさなか、開高健『輝ける闇』を読んでいて、そう気づいたのだ。『輝ける闇』は当然ながら旅行記ではない。だから正確には、特派員としてベトナムに滞在していた開高健の足取りを追えるわけではない。けれど、四十年前に書かれたそのルポルタージュ小説には、「匂いを書きたい」という作家の言葉どおり、ハノイ、フエ、ニャチャン、ホーチミンと私が南下した其処此処《そこここ》の町のにおいが、ときを超えて色濃く描き出されていて、私はそのにおいをたどるように旅したのだった。以来、旅する国について書かれたものがあれば、私はそれをもう一冊のガイドブックとして持参するようになった。

キューバを訪れたときは、ヘミングウェイの『海流のなかの島々』（新潮文庫）を持っていった。

これまた紀行文ではない。なおかつ作家本人亡き後、遺族によって発表された小説である。「ビミニ」「キューバ」「洋上」と三章からなる小説に登場するキューバは、主人公の画家、トマス・ハドソンが停留している場所として描かれている。だから、キューバの町が「わかりやすく」描写されているわけではない。でも、私はこれを、キューバ観光のガイドブックとした。

ハバナの空港から市街地に向かうときの第一印象は、「どこのようでもない町」というもの。今まで旅したどの場所とも似ていない。その理由に気づくのに、しばらくかかる。看板が、企業広告ではないせいだ。ほぼすべての看板にチェ・ゲバラが描かれている。市街地に入っても、マクドナルドもコカ・コーラもない。そんなことだけで、町の印象は驚くほど独自なものになる。

私の宿泊したホテルは海に臨んで建っていた。その海沿いにマレコン通りと呼ばれる道が続いている。ここをずっと歩いていくと、旧市街に入る。

歩いていると、とにかくその光景に圧倒される。マレコン通り沿いの海を向いた建物も、マレコン通りを直角に入るいくつもの通り沿いの建物も、スペイン統治時代のままなのだ。表面を塗り替えたり、内部を補修したりしているが、完全に建て替えてはいない。崩れかけている建物もずいぶんあるが、それでも補修しながら、現役で使われているという。たしかに、上部の崩れ落ちそうなコロニアル様式の建物の、窓という窓に洗濯物が翻《ひるがえ》っている。

旧市街の大小の路地をさまよい歩いていると、いきなり、広場にそびえ立つカテドラルに出る。私は夜にたまたまこの広場に出て、カテドラルと初対面したのだが、ライトアップされた建物の、そのあまりの異様な存在感に言葉を失い、口を開けてその場に立ち尽くした。ゆっくりと鳥肌が立った。朽ち果てたようなのに、建物自体が尊厳を誇るかのように堂々とそこに在る。私は時間を見ている、とそのとき思った。三百年の、この地に流れた、いや未来に向けて今も流れている時間を、今、この目で見ている、と。

カテドラルからそう遠くない場所に、ヘミングウェイが通った「ラ・ボデギータ・デル・メディオ」がある。食事もできるバーだ。私はここで、モヒートを飲みチキンのキャセロールを食べた。店は観光客と地元の人々で大賑わいで、そこに、流しの楽団がやってきて、音楽を演奏しながらテーブルをまわる。ものすごい熱気。ヘミングウェイが常宿《じょうやど》にしていたホテル「アンボス・ムンドス」も、旧市街の一廓にある。そこからオビスポ通りと呼ばれる道をまっすぐいくと、彼のいきつけだったバー「フロリディータ」に出る。『海流のなかの島々』の「キューバ」の章にもしょっちゅう登場するバーだ。ここでトマス・ハドソンは記録を作るほどダイキリを飲み続ける。砂糖抜きのダイキリである。今、それは「パパ・ヘミングウェイ」というカクテルになり、彼の指定席には金ぴかのヘミングウェイ像が座っている。

ハバナは、社会主義の国の都市らしく、外国人と住民と値段が違う二重価格だし、観光客向けレストランとそうでないところ、土産物屋とそうでない店がはっきり分かれている。実際には観光客向けの店でなくとも入ることはできるし買いものもできるのだが、スペイン語に堪能でないかぎりよくわからない仕組みになっている。つまりどこが食堂で、どこが店で、どのようなシステムで食事や買いものをすればいいのか。そんななかで、唯一オビスポ通りは、社会主義らしくない通りである。外国人観光客がひしめき、店が並び、にぎやかで、活気づいている。上海でいえば南京東路、ホーチミンでいえばファングーラオ通りといったところか。もちろん、ヘミングウェイが滞在していたころと雰囲気は似てもにつかないだろうけれど、でも、執筆を終え、この通りを裸足でぺたぺた歩いて飲みにいく大男の図は、容易に思い浮かべることができる。

一九四〇年の暮れに、ヘミングウェイはホテルを出、サンフランシスコ・デ・パウラに住まう。ここは今博物館になっている。旧市街からタクシーに乗り、彼の「フィンカ・ビヒア」を目指す。旧市街を抜けると、周囲は次第に住宅街になる。これまた、崩れ落ちそうな古い平屋が延々続く。やがて道はのぼり坂になり、葉を茂らせた大木が増える。

そうして坂を上りきる直前のあたりで、道路と直角に交わる道のはるか先に、海が見えた。古ぼけた、時間をそのままのみこんだような家々がひしめくその先に、真っ青で、表面の一部を砕いたガラスのようにちかちか光らせた海。道を過ぎると家々に海は遮られ、次の道の先にふたたびあらわれる。

その、眼下に広がるこま切れの海を見たとき、半世紀以上も前に書かれた小説と、今現在の光景が、ふと重なり合った。陸の章である「キューバ」は飲み屋や自宅といった屋内描写が多いのだが、邸宅からフロリディータに飲みにいくその道中のみ、詳細な情景描写がある。「貧困、芥、四百年来の埃、子供の垂らす二本棒、ひび割れた椰子の葉」……と描かれるのは飲まずには見ることもできない貧民街の描写で、そのどん底の貧しさは、今では見あたらないのだが、それでもやっぱり、作家が書いた言葉と私の目線が、たしかに重なった。ガイドブックにおさめられた写真のアングルと、同じ場所に立ち「ああ本当にここは存在するのだ」と思い知るのと同じ爽快感を覚えた。それに加え、書く、ということのすさまじさをも、思い知るのである。

作家がある場所のことを書く、その言葉がその場所の持つ本質を、意識的にでも無意識的にでもとらえてしまえれば、それは古びない。貧民街がごくふつうの町になっても、死の町に生命が戻っても、戦争が何かを奪い過ぎ去っても、その言葉の見せる光景が、今旅する私の目と、ふと、重なる。キューバという場所を愛した作家の言葉は、だからあと何年でも、あのカテドラルのように、過ぎた時間を内含した光景を見せてくれるのに違いない。

ガイドブックは時代とともに古びていくが、文学というガイドブックは時間を超えて私たちの旅に寄り添ってくれるものなのだ。

（「考える人」35号　2011冬）

# 旅と年齢

## 旅の本

書物は、なんであれ開いたとたん旅ができる。文字も書けないころから私は絵本を開いて、ここではない場所を旅していた。

旅の本、となるとそのトリップ感は倍増される。それにしても本当にいろんな旅がある。目的のある旅、ない旅、追いかける旅、逃げる旅。なぜ人は旅をするのか。なぜ私たちは人の旅の記録を読むのか。以下に挙げた本は、時代がどれほど変わっても、旅というものの多様さと切実さ、そして魅力を読み手に伝え続けてくれると思う。そして書き手の意図とは別に、旅と年齢というものについても示唆しているように思う。

旅と年齢というのは、思いの外深く関わっていると最近思うようになった。あんまり若いときに世界一周旅行などをしても、体験に、精神や言葉や感性が追いつかず、その旅自体と等身大で向き合えないように思う。『五足の靴』(岩波文庫)は三十代の与謝野鉄幹が二十二歳の北原白秋、太田正雄たちを連れて九州を旅した記録。男だけの、気楽で、体力あふれる旅で、ああ若者たちの旅だなと思わせる。この旅が、それぞれの作家や歌人のその後の作品や人間関係にも影響していることを考えると、旅の力のありようを、見せつけられる思いである。

予定の組まれたツアー旅行でない個人旅行、貧乏旅行に適した年齢は、二十五歳前後だと私は勝手に思っている。そのころ、ようやく精神と言葉と感性が、旅というものとみごとに釣り合う。そのくらいの年齢の、ある旅が、「運命の旅」となってしまうのを、私は自身でも体験しているし、そういう人を多く見てきた。学生たちの旅は、旅が人生に影響するのだが、「運命の旅」は、旅に人生が振りまわされる。いい意味でも、もしかしたら、そうでなくとも。

二十七歳というのは、天才と呼ばれる人たち（おもに音楽家）が亡くなる符号のような年齢でもあるのだけれど、偶然にも私が好む三冊の語り手たちは、みなこの年齢前後に「運命の旅」と呼べるような旅をしている。

『下駄で歩いた巴里』（岩波文庫）の林芙美子が元祖バックパッカーのような旅をしたのが、まさに二十七歳のとき。朝鮮半島、中国を経由しシベリア鉄道でパリまでいくのだが、未知の土地との接し方や、言葉の通じない他者との関わりかたが、ひどくみずみずしい。そして芙美子が、生活する人、地面に近いところで生きる人たちに徹底して視線を向けているのが、この本の魅力だと思う。旅の魅力は、そうした目線を得ることだから。パリに着いた芙美子は、帰りたい帰りたいと書き、イギリスへいけばいったでパリに戻りたいと書く。ひとつ所に定まるのでなく、移動にたましいをとらわれた人だったのだと、こういう箇所を読んで思う。

それから小説を二つ。ジャック・ケルアックが『オン・ザ・ロード』(河出文庫)第一部の下地になるヒッチハイクの旅をしたのは二十五歳のとき。二部に描かれるような大陸横断は、二十六歳。この小説に描かれる旅が異様なのは、旅がたんなる移動であることだ。移動しながら彼らは結婚し子をもうけ別れ、どこにもいきつかない旅を続けていく。読むことが、強烈にいびつな旅の体験になる。

沢木耕太郎『深夜特急』(新潮文庫)で語り手が会社を辞め、旅に出るのも二十七歳。これはじつに正統的な旅である。ゴールがある。異国人として移動し、他者と出会い、発見がある。私はまさに二十七歳前後でこの本を読んでますます旅熱にうかされたのだが、幸福な出合いだったと思う。

この三作とも、もし作者が旅した年齢が前後五年ほど違ったら、これらの作品は生まれなかったと思うし、作家たちのその後に与えた影響のありようも、異なったのではないかと私は勝手に思っている。

旅に人生を左右された人として思い浮かぶのはやはり開高健。国外脱出を夢みた少年が実際に異国にいくのは、三十歳、日本文学代表団の一員として中国に渡ったときだ。その後、アイヒマン裁判でイスラエルを、ビール視察でドイツなどを訪れ、三十四歳で特派員としてベトナムにいく。特派員ではあるが「その渦中には入れない」「傍観者でいるしかできない」という作家の自覚は、旅人のそれでもある。私はこのベトナム滞在が、その前のどの旅より深くこの作家の核に埋めこまれ、アマゾンへ、モンゴルへ、イギリスへと作家を追い立てるように旅させたように思うのだ。『地球はグラスのふちを回る』（新潮文庫）は、若い女性がひとり旅をする時代になるなんて思いもしなかった作家の、旅にまつわるエッセイで、読み口は軽いけれども、読むことで、人はなぜ旅をするのかという本質的なことに触れられる。これはぜひ、旅をしながら読んでほしい。暗い飲み屋で、旅について作家とじかに話している気分になれる。

旅人、というより、放浪者というほうが近いような金子光晴は、二十代のはじめにすでにヨーロッパを旅しているが、『どくろ杯』『マレー蘭印紀行』（ともに中公文庫）などの下敷きになる中国滞在、マレー旅行は三十代である。私はこれらの本を旅先で、全身を預けるようにして読んだ。異国を描く、旅を描く、そのことの本質がここにはあるように思えた。旅先の異国の、湿気や日射しや埃や、人の笑顔や不機嫌や貧しさ、暴力的な緑の濃さ、私が見ているものが、そのまま本のなかに凝縮されていた。いや、本のなかに凝縮されたものが、八十年のときをものともせず、目の前に立ちあらわれた。本を開けば私は今も、八十年前の上海やマレー半島と、かつて自分の旅したその地と、時間にまったく左右されない異国の地を、同時に、生々しく旅することができる。

四十代になると旅の様相は変わる。貧乏旅行はしていられなくなる。『犬が星見た』(中公文庫) のおもしろさが、まさに四十代の旅のおもしろさだなと思う。夫武田泰淳と、竹内好とロシアを旅したのは、作者の武田百合子が四十四歳のとき。

貧乏旅行では、何か見つけなくても、向こうからやってきた。どこにいこうと決めなくとも、だれかが、何かが、どこかに運んでくれた。けれど年齢を重ねると、だんだんそういうことが減ってくる。自分で何かを見つけないと何もやってこず、自分で移動しないと動けない。武田百合子はつねに、何かをおもしろがっている。おもしろいように書いているのではなく、彼女自身が子どものようにおもしろがっている。人というのは、異国人であれ家族であれ、こんなにも珍妙で、こんなに違っていて、こんなにおんなじと、すなおに理解できる。その日食べたもの、買ったものとその値段が『富士日記』のごとく書かれているが、これは旅人の持つ共通の感覚で、親しみが持てる。その食べものや値段から、彼らの旅が立体的に見えてくる。

二十代のときのような、時間だけ膨大にある旅が本当にできなくなったなと昨今の私は実感し、ときにメランコリックな気分になったりするが、田中小実昌の『田中小実昌紀行集』（ＪＴＢ）などを読めば、もっと年を重ねれば、逆にいくらでもそんな機会はやってこようと思える。

旅というものは根本的に、暇なものだというのをこの作者は教えてくれる。日本でも、外国でも、この旅人はいつもゆくあてのわからないバスに乗り、終点までいって、帰ってくる。やるべきことも、見るべきものも、会うべき人も、およそ目的というものは何ひとつない。でも、旅という流れに身をゆだねていると、どうしようもなく見てしまい、会ってしまう。どこかに出かければ、無で終わるということがない。けれど何か生じる、作家はそのことに深い意味をも与えない。田中小実昌にとって日本も異国もかわりはない。みな、未知の場所だ。未知の場所をただ流される。この人の旅は、非常に潔く、たのもしい。

二十代というのは、ひたすらに暇である、ということを受け入れやすい年なのだろう。三十代、四十代でずっと暇だと馬鹿みたいだ。だから私たちは毎日せわしなくする。でも本当のところ、自分で忙しくせわしなくしているだけだ。暇なのはこわいから。でもだんだん、年齢を重ねて、忙しくすることもできなくなって、また、私たちは暇になる。そのとき久しぶりに対面する「暇である」ことを、不安がらず恐怖せずこんなふうに受け入れて、目的もなくバスや列車に揺られたいと、今私は心から思っている。

最近は、旅をする若い人が少なくなったとよく聞く。実際、少し前まではどんなところでも若い日本人旅行者とドイツ人旅行者がいて、他の国からの旅行者の冗談のタネでもあったものだが、日本人のほうは、今では滅多に見かけない。かつて数々の紀行文や旅小説が、若い人の旅心に火をつけてきた。いつかまた、そんなふうになることを私は願う。異国を旅することは、自分――自分の知っている場所、立っている位置――が世界のまんなかでもなく、常識の基準でもないと知ることだ。こんなにも違うと絶望し、こんなにも同じだと安堵することだ。そういうことのあるとなしとでは、その後のその人のありようが、ずいぶん違うと思うのだ。

（「すばる」2013・6）

# 本が私を呼んでいる

## 図書カード三万円使い放題！

好きなだけ本を買ってよいと言われたのは、十歳のころくらいまでだ。私は本が好きだったし、本を与えておけばおとなしくしていたので（本がなければ手に負えないほどうるさかった）、親にそう言われたのである。でもそれが最後で、その後、好きなだけ本を買っていいなんて言ってくれる人はいなかった。

好きなだけ本を買うことを、私はどれくらい夢見たことだろうか。お金のことなんて考えずに、ばんばん買う。ばんばん買っちゃって、読みたいものから読んで、そうするともちろん読まないものもあって、でも貧乏くさく「せっかく買ったんだから読まなくちゃ」なんて焦らず、いつか読めばいいやとそのへんに置いておいて、またばんばん買う。そんなことが、一度でいいからしてみたいなあ。いちばん強くそう思っていたのは二十三、四歳のころだ。

新人賞をもらってデビューしたばかりで、生活できず、アルバイトをしていた。自分がどれだけ本を読んでいないか、年長の編集者たちに指摘され、読まねばと焦っていたし、それとはべつに、読みたいという熱もあった。このころは、十代のころとは違う意味で、本がおもしろかった。理解できないものも、難解なものも、その理解できなさを、難解さをたのしめたのだ。だからなんでも読みたかった。そうして私にとって読むことは、「所有する」ことでもあった。

もちろん好きなだけ本は買えないので、図書館で借りて読んでもいた。けれどそうして出合った本で私はこれが好きだと思うと、つい買いたくなる。手元に置いておきたくなる。

私の本の所有欲は、蒐集《しゅうしゅう》欲とは異なる。読みたいときにすぐ読みたいから持っていたいのだ、というのが建前だけれど、本音はじつは違う。そもそもかつて読んだ本をしょっちゅう読み返したりはしない。「そこにないと忘れる」というのが、私の所有欲の本音である。図書館に返してしまったら、その本を読んだことすら忘れてしまう。手元に置いておけば、読んだ記憶がずーっと残る。読むこと、イコール、記憶すること、イコール、所有、という図式になっているらしい。

あのころは、本当にくるおしいほどばんばん買って、ばんばん本棚に入れていきたかった。

　好きなだけ本を買ってみたいという気持ちがまったく消えたことはないけれど、でも、三十代の半ばごろにはだいぶおさまった。読みたい本より、読まねばならない本が増えてしまったのだ。あれもこれもほしい、でも、いつ読めるだろう。そう思うと、今買ってそのへんに置いておくよりも、時間ができたときまとめて買おう、になり、そして時間はずーっとできない。

　さて今回、三万円ぶんの図書カードで本を買ってください、という依頼がきた。これは依頼だろうか。許可じゃないだろうか。買ってください、ではなくて、買っていいですよ、がただしいのじゃないか。

　どのくらい買えば三万円になるのか、見当もつかない。それは私が三万円ぶんもいっぺんに本を買ったことがないからだ。つまり「三万円」は「好きなだけ」と転換される。そして私は子どものころのあの至福を思い出す。

　近所の書店で買いものをすることにした。私の住む町には古本屋さんも新刊書店も多い。そしてどの店もきちんと個性がある。新刊書店も、である。私はこのことをこの町の住人として誇りに思っている。ベストセラーと話題の新刊本だけがたくさんあるような書店は、この町にはないのである。

さーて何を買おうかなあ。大型書店ではないけれど、好きなだけ本を買えると思うと、巨大な書架に思えてくる。まず見るのは新刊の棚。読んだばかりの本が多い。未読で、ほしい本もあるけれど、でもせっかく好きなだけ本を買っていいんだから、ふだん買わないようなものにしよう。あっ、これはふだんじゃ買えない、と手にしたのは『東京右半分』。これ、少し前に本屋さんで見かけて、うわーほしー、でも六千三百円、と後ずさったばかりなのだ。そういえば、都築響一さんの『TOKYO STYLE』が発売されたとき、たしか一万円以上して、買えなくて、親しい友人に誕生日プレゼントにちょうだいとねだったのだ。六千三百円のこの本、でも、今なら買えるんだもんね、と鼻の穴を広げて抜き出す。

海外文学、日本文学の棚に移る。あっ。これ、ほしかったんだ。分厚くて重いし、高いから、買っていなかった。去年から刊行されている、集英社の戦争と文学シリーズ。すでに刊行されたもののなかでほしいものぜんぶは棚にはないが、とりあえず『戦時下の青春』と『ベトナム戦争』を選ぶ。

ノンフィクション棚に移る。買おうと思っていた本、『さいごの色街 飛田』、『美妙』、せっかくだから買っておこう。飛田は大阪にある一角で、私は二度、いったことがある。ものすごく特殊な場所で、興味があった。それでずっと、この本を読みたかったのだ。『美妙』もどこかで見かけて読みたかった本。

ここで、いっしょに本屋さんにきてくれた「本の雑誌」編集長が「美妙は既刊本を改題したものですがだいじょうぶですか」と訊いてくれた。『美妙、消えた。』というタイトルで、二〇〇一年に出版された本が、改題されて新たに発売ということらしい。そうだったのか。そんなことも知らなかった。

新聞の書評で読んで興味を持っていたノンフィクションがほかにも二冊あって、思わず手をのばしたが、まあ、待て、待て、どうどう、と自分を落ち着かせる。急ぐことはない。ほかの棚もまわってから戻ればいいではないか。

やっぱり気が急《せ》いている。バーゲンじゃあるまいし、必死にかき集めなくてもいいものを、今、目についたものはぜんぶとっておかねばと思ってしまう。かなしい貧乏根性。

映画・音楽関係の棚で『ロックンロールが降ってきた日』という本を見つける。はじめて見た。これはほしい。

文庫棚も見ようと移動するが、「でも文庫って単行本に比べたら安いんだよな」「好きなだけ買っていいならやっぱり高いほうが……」という気持ちがむくむくとわく。ここでも、己の貧乏根性をまざまざと見せつけられる。

貧乏根性のままに文庫棚を離れ、漫画棚に移動。漫画は最近めっきり読まなくなってしまったが、それは単に余裕がないせいだ。私にとって漫画は余裕、ゆとりなのである。余裕のない生活をしているから、漫画棚を見ても、勘が働かない。漫画と近しくしていれば、未知の作品が向こうから「ここ、ここ」「絶対好きだから、読んでみ」と声をかけてくれるのに。

そんななかで見つけた松本大洋さんの新作。知らなかった！『Sunny』一巻、二巻。完結しているのか、これからも出るのか、わからないけれどうれしい。私はこの人の長年のファンなのだ。ファンなのに新作が出ていることを知らない。これが余裕のない証拠。

それならついでに買いそびれていた『坂道のアポロン』最終巻も買っておこう。あ、だんだん本選びが日常になってきた。せっかく「好きなだけ買っていい」んだから、大人買い的にセット本を選んでおこう。と、またまずしいことを考えつつ、藤子不二雄Ⓐ先生の『少年時代』上下巻。

このあたりで、いくらくらいですか、と訊くと、まだ三万円に満たない。三万円ぶん本を買うって、しあわせだけど、けっこうたいへんなことなんだなあ。

そうだ、料理本も買おう。私はレシピ本が大好きなのだ。見ていると気持ちがすーっと楽になる。でも、あんまり持っていると、使わなくなる本が出てくるので、あんまり持たないようにしている。

それにしても、料理本ってほんっとうにたくさんあるよなあ。有名な料理研究家たちの本、肉、魚、野菜と食材で分けた料理本、圧力鍋、シリコンスチーマーといった道具の料理本、スープ、ケークサレといった料理別、おつまみ系、おかず系、カロリー系、弁当本。迷う迷う迷う。

さんざん迷って高山なおみさんの『おかずとご飯の本』に決めた。じつは高山なおみさんのレシピ本は、すでに二冊持っている。このシリーズは写真が美しくて、好きなのだ。高山さんの料理はかんたんで、でも一工夫あって、ナンプラーやハーブをよく使うところが好き。

まだ買える。でもそんなには買えない。な、に、に、しようかなー。

結局また新刊コーナーに戻り、あ、と思って手をのばす。小池真理子さんが選者の、『精選女性随筆集　第六巻　宇野千代・大庭みな子』。小池真理子さんと川上弘美さんが選者になっているこのシリーズも、読みたいと思ったのがたくさんあったと思い出した。新刊コーナーに置いてあったのは、これと第五巻の『武田百合子』。うーん両方買うと、三万円をオーバーする。迷ったが、武田百合子は著作をほとんど持っているので、六巻を買うことにした。

これで合計二万九千六百二十円。すごい。積み上げられた本は圧巻。壮観。わくわくする。

インターネットで本を買うときもあるけれど、たいがい資料か、本屋さんにいく暇もないほど忙しくて、でも大至急必要な本があるときだ。私はやっぱり書店が好きだ。本の声がする。ちいさな、でも私にだけしっかり届く声で、ひそひそ、ひそひそと呼んでいる。本との縁というものを感じるのは、やっぱりリアル書店なのである。

今回は自分の貧乏根性をまざまざと実感させられたけれど、でも、楽しかったなあ。本は、開くとき、読んでいるときばかりでなく、選んでいるときからもう、しあわせをくれるのだ。まるで旅みたい。

●図書カードで購入した本

『東京右半分』都築響一（筑摩書房）６３００円

『コレクション戦争と文学［15］戦時下の青春』中井英夫、野坂昭如ほか（集英社）３７８０円

『コレクション戦争と文学［2］ベトナム戦争』開高健、日野啓三ほか（集英社）３７８０円

『さいごの色街　飛田』井上理津子（筑摩書房）２１００円

『美妙 書斎は戦場なり』嵐山光三郎（中央公論新社）1890円
『ロックンロールが降ってきた日』秋元美乃、森内淳編（Pヴァイン・ブックス）2500円
『Sunny』（1・2）松本大洋（小学館）1900円
『坂道のアポロン』（9）小玉ユキ（小学館）440円
『少年時代』（上・下）藤子不二雄Ⓐ（中央公論新社）3360円
『おかずとご飯の本』高山なおみ（アノニマ・スタジオ）1680円
『精選女性随筆集［6］宇野千代・大庭みな子』小池真理子編（文藝春秋）1890円
合計　29620円（価格は税込／消費税5％）

（「本の雑誌」2012・8）

# 2

## 食べることの壮絶

開高健『最後の晩餐』（光文社文庫）

書く上で、また生きる上で、自分に課しているいくつかのことがらが私にはあるのだが、その出どころはみな、開高健の言葉である。

たとえば、味覚について書くときに、いやしくも言葉を扱う仕事をしている物書きは、筆舌に尽くしがたい味とか、なんとも言えぬ味とか、絶対に書いてはならぬ、筆舌に尽くすのが、言葉にならぬものをなんとしても言葉にするのが、物書きの最低限の役目ではないか、とこの作家は書いている。この『最後の晩餐』にも、同様の言葉が、もっとやわらかい表現で出てくるが、私はもしこの言葉を読まなかったならば、書く姿勢が今とぜんぜん異なったろうと心から思っている。開高健が書いているのは、味覚描写の注意点ではなく、それを超えて「書く」ということの本質に触れている。言葉を扱うものの覚悟をずばり指摘している。

女と料理が書けたら作家は一人前とどこかで聞いたことがあるが（これも開高健が

引用しているが）、女はともかくとして、味について書くのは本当に難しい。味覚というのは自分の口のなかという、あまりにも個人的な部分で生じるものごとで、しかも、感情のように抽象ではなく、まぎれもない具体であるわけだから、感覚を押し開いてその具体をつかまえ、言葉に変換しなくてはならない。自分で書いていると、この難しさはまざまざと実感させられる。自分の感覚に耳を澄ますことがまず難しいし、それをなんとかクリアすると今度は、言葉の限界にぶちあたる。とろけるような、だとか、まったりとした、だとか、ほのかな甘みが、だとか、どこかで聞いた退屈な言葉を一掃して、自分の言葉をさがさなくてはならない。私は幾度も、己の言葉の少なさ、狭さにうなだれた。いや、今も味について書こうとすると、決まってうなだれている。

その点、開高健はものすごい。「言葉にできないと絶対に書くなかれ」と言うだけのことはあって、それはもうすさまじいほどの勢いで、味というとらえどころのないものをつかまえ、解体し、持っている言葉を総動員して、書く。『ロマネ・コンティ・一九三五年』の、二種のワインについての記述は、読んでいるだけで鳥肌がたつ。言葉というものの可能性を知る気がする。おそらく一生飲むことはないであろう一九三五年のロマネ・コンティを、私たち読み手は言葉で存分に味わい、酩酊《めいてい》することができるのである。味覚ばかりではない、におい、舌触り、のどごし、食後感、その飲食物が盛られた器に至るまで、開高健はくっきりと見せ、かがせ、味わわせ、触れさせ、飲み下させる。言葉だけで、読み手の五感、いや六感まで、これほどまでに刺激する作家は、ほかにいないと私は思っている。

『最後の晩餐』というこの随筆の親本を、私はかつて古本屋で見つけて購入し、しかし読まないまま、本棚に大事に飾っておいた。私にとって開高健は爆発物のようなものので、うっかり機を間違えて開けてしまうと手ひどい目に遭う。その言葉のあまりの圧倒に書く気力が失せたり、あまりの濃密にほかの本を読めなくなったり、あまりの真摯《しんし》に自分を恥じ入りたくなったり、あるいはまったく逆に、無意識に自己防衛をしてしまい、書かれた言葉が上滑りして中身がまったく頭に入らなかったりする。彼の本を開くには、それが随筆であれ小説であれ紀行文であれ、厳重な注意が必要なのである。（余談だが、開高健を読むのにいちばんいいのは、だからなんの予定もない旅先である。）

ときおり本棚の『最後の晩餐』を見上げ、何が書かれているんだろう、晩餐というからにはやはり料理、食事のことだろう、味覚について微にいり細にいりねっとりとびっしりと書かれているんだろう、と考えていた。今回はじめて（そしておそるおそる）本を開き読みはじめて、想像と激しく異なっていたのでぎょっとした。いや、もちろんこの随筆は食、味覚についての随筆である。しかし単なる、何を食べた、味はどうだった、という食描写をはるかに超えている。

まず魯迅から話ははじまる。中国大陸をざっと見渡しそれから安岡章太郎の小説へ。食べものを超えて歴史に触れ文化に触れぐるり一巡して排泄に触れる。章が変わると今度はアフリカへと読み手を誘い、ナチス政権の悲惨を味わわせる。かと思うと次章では、ドッグフード、ペットフードの話から、監獄の食事へと転じる。

ああ、そうだよな。最初の数章を読み終えて、私は自分の浅はかさに思い至る。開高健が、うまいまずいに終始するはずがないのである。ボルシチと書いてその料理のみを書き記すはずがない、政治が出てきて歴史が出てきて文化が出てきて批判が出てきて、滑稽と悲惨が出てきてそして排泄が出てくる、それらをひととおり出したところでこそのボルシチを、この作家は書くのである。膨大な知識とたわむれるように。世界を気ままに歩きまわるように。俯瞰《ふかん》から顕微鏡の中身へと視線を自在に移すように。

次々と放たれる蘊蓄《うんちく》、挿話は、まるで読み手の教養を試すかのごとく挑発的なのだが、木下謙次郎もソルジェニツィンも読んだことのない私のような無知無教養は、大学の授業に混じった小学生のような気分で、ただ、ほうほう、へええ、と感嘆の声を上げつつ読むしかない。へえ知らなかった、ほう、そんなことが。しかしそれで充分おもしろい。この随筆には、開高健の持っているチャーミングさが存分に発揮されていて、それが無知無教養を門前払いすることなく、ちゃんとあちらこちらへとエスコートしてくれるのである。

後半になると色合いが少し変わる。授業が脱線して加速度的におもしろくなっていくのに似ている。歴史上の逸話よりも作家自身の経験談が多く語られはじめるのだが、やはりうまいまずいをはるかに超えている。有名料理店の賄《まかな》いを試食するのはまだ序の口、料理好きの編集者に逸品を作らせ食べ合う、非常食を品評する、一見洒落た大人の遊びではあるのだが、何かこう、遊びの枠を超えた真剣さがある。書かれていることもまた、食を超えてときに芸術論へ、ときに現代批判へと大きく広がっていく。そのいちいちが、まったく古びず新しいまんまなのを見ると、きっとそれは真実なのだろうと思わせる。

大人の遊びシリーズのなかで私がもっとも驚いたのが、「王様の食卓」である。あるとき作家は、「食べれば食べるだけいよいよ食べられる御馳走はないものかしら」と珍妙なことを考え出し、考え出すだけではなく、フランス料理の大家、辻調理師専門学校の辻静雄氏に実践させてしまうのである。朝食からはじまって昼食夕食と、デザートまで、十二時間に及ぶ食事をし続ける。酔狂という言葉が、もはやちいさすぎて似合わない。

考えるだけではなく実践する、しかも超一流で実践する。実践してそれをつぶさに書き記す。私はここに、開高健という作家の、書くことの根本、神髄があるような気がしてならない。やるときはとことんやるのである。最上のものでやるのである。やるからには書くのである。かってこの作家は、『輝ける闇』というルポルタージュ小説のなかで、「徹底的に正真正銘のものに向けて私は体をたてたい」と書いた。そしてその言葉通り、彼はベトナム戦争の部外者に甘んじるのではなく、最前線に参加し、激戦に巻きこまれる。対象を、遠くから眺めて書くのではなく、実際に間近で見、触れ、においを嗅ぎ、舌に転がし、味わい、飲み下す、そうしたあとで、みずからの言葉を用い、隅々まで余すところなく再現する。それがこの人にとって書くことであり、また生きることではなかったか。

そのような作家が書く食談が、食通、グルメなんて生やさしいものではないのは、当然といえば当然である。もちろん、件《くだん》の「十二時間フルコース」をはじめ、おいしいものの話も数多く出てくる。親切に、作り方まで添えてあるものもある。最底辺の食事、極限の食事についても、しかし彼は書く。しかも、最大の禁忌《きんき》である食人についてもおそれず書く。極上の食事から最底辺の食事まで、同じテンション、同じ密度で書く。

そこから私が感じ取るのは、食べることの壮絶である。それはともすると、人の営みの壮絶ということでもある。したがって本書は、食という一点から、人の営みにまつわるすべてを読み手に見せる。万華鏡をのぞきこんでいたらいつのまにか宇宙を見ていたような、とほうもない広がりがある。

なぜこの作家が食にこだわり続けたのか。その答えは「一四のサケ」という随筆に書かれていると思う。戦後まもないころの食糧難について、彼は小説でも随筆でも触れているが、この一編もまたすばらしい。この作家にとって食とは、食べることだけではない、飢えることも含んでの食なのだと思う。行為だけではない、あらゆる感情を引き出す不可思議な装置としての食なのだと思う。

私たちのほとんどは今や飢えを知らない。八〇年代に火のついたグルメブームは衰えることなく、最近では健康とセットになって人々の欲に訴えかけてくる。インターネットは地方の食材を全国にすばやく届ける。有名店には長い長い行列ができる。今ではだれもが味覚評論家である。ほんの数分テレビをつけただけで、必ず某《なにがし》かの料理が目に入る。あふれかえる情報と食材と料理の恩恵に、たしかに与《あずか》っている私としては、まったくすばらしいことだと思う。昔はよかったなんて間違っても思わない。飢えなんて知らなければ知らないほうがいいのだと思っている。できればおいしいものだけ食べていたいと思う。けれど本書を読んだあとでは、現在の、食と私たちとの関係が、いかにグロテスクかと思わずにはいられない。飢えを知らず貧しさを本当には知らない私たちは、きっとこれからも、もっともっとグロテスクに食を求め、関わっていくのだろう。その醜悪も、この作家は二十年以上も前にすでに書いている。人の愛すべき営み、もしくは宿命として、おおらかにチャーミングに、そして真剣に包括している。

やはりこの一冊も、私にとっては爆発物だった。読んでいるあいだずっと、自分の薄っぺらさを実感させられ、何かを書く気力が失せた。仕事なんかすべて放り出してどこかへ逃げてしまいたくなった。やむなく書かざるを得ない食べものの記述はとくにこたえた。おのれの言葉の貧弱さ、ひいては感情の貧弱さがいちいち目につく。それでもなんとか机にしがみついて締め切りに向け文章を書き続けたのは、ある信条が私にはあるからだった。

グラスに口をつけたら最後まで飲み干しなさい。

これもまたこの作家の言葉であり、私は日々、これを胸の内でつぶやきながら文章を書き、酒を飲み、そうして日々を生きている。この作家からもらったもの、今も受け取っているものは、あまりにも多い。

（「光文社文庫」解説　2006・3）

## 問い続ける、書きつづける

開高健『戦場の博物誌　開高健短篇集』（講談社文芸文庫）

小説に何ができるのか。

小説を書くことが仕事になってから、よくそう考えるようになった。小説に世のなかは変えられるか。小説は現実といったものにどの程度介入できるのか。考えれば考えるほど、何もできないのではないかという思いにとらわれ、いつも私は途中で考えるのをやめてしまう。有事の際、小説家なんて仕事は真っ先に不必要になるだろうと思うこともある。

開高健は、その問いを、いのちをはって自身に向けたのではないかと思う。

開高健が朝日新聞特派員として戦渦のベトナムに向かったのは一九六四年。これは想像でしかないが、一九五八年、二十七歳の若さで芥川賞を受賞したこの作家は、書くことの袋小路に追いこまれていたのではないか。単に書けないというのではなく、書くということはなんであるのか、小説とはなんであるのか、自身に問い続けても答えが出ず、そのことに苛立っていたのではないか。

芥川賞受賞と、ベトナム行きのあいだに、開高健は日本文学代表団の一員として中国へいき、チェコスロバキア作家同盟とポーランド文化省の招待を受けルーマニアにいき、アイヒマン裁判傍聴のためイスラエルへいき、ソビエト作家同盟の招待でロシアへいき、サントリーへと社名変更した寿屋《ことぶきや》の嘱託社員として北欧にいき、アジア・アフリカ作家会議のためにインドネシアにいっている。一方、この間に、急速に高度成長をはじめた東京じゅうを歩きまわり、もはや戦後ではなくなった日本の姿をも取材している。

日本と世界を見るなかで、現在と過去を見るなかで、自身に向ける作家の問いは、どんどん大きくなっていったのではないかと、私は想像する。その答えを出すために、というよりは、その問いを突き詰めるために、作家はみずから志願してベトナム戦争へと身を投じたのではないか。

この短編集におさめられている「兵士の報酬」「岸辺の祭り」「洗面器の唄」はベトナム戦争が題材になっている。『戦場の博物誌』は、アフリカ、イスラエル、日本、ベトナムで作家自身が体験し、見聞きした戦争に題材がとられている。「玉、砕ける」は以上とは異なり、直接の戦争は題材にも背景にもなっていない。とはいえ、この短編集の前身となる『歩く影たち』という作品集の、作者自身による後記によれば、これは戦争ものとして一冊にまとめられたのではなく、「東南アジアを舞台にしてぽつりぽつりと書いた短篇を集めると、この一冊になった。」とのことである。

開高健の作品でベトナム戦争を題材にしたものは、ルポルタージュも小説もコラムも含め、非常に多い。それは、ベトナム戦争とかかわったその体験が、本人にとってどれほど大きなできごとだったのかをストレートに示している。ルポルタージュ小説『輝ける闇』を読んだとき、私はこの作家は、この先書けなくなることを覚悟したのではないかと想像した。もっと知りたい、もっと見たい、もっと深く触れたい、その欲求に忠実に、作家は最前線の戦闘に従軍する。敵の機銃掃射にあい、生き残ったのは二百名中十七名。そのなかのひとりであったということは、作家にとって、というより、アメリカ人でもベトナム人でもないひとりの日本人にとって、あまりにすさまじい体験であったことは想像に難《かた》くない。ふつうはその体験のほうが馬鹿でかすぎて、言葉にはできない。できたとしても、ひどくバランスを欠いた体験記になってしまうだろう。けれどこの作家は、それを小説というかたちに仕上げた。「匂いが書きたい」と作中でくり返し語り手に言わせ、そして作家は、匂いをまるごと、この小説に閉じこめることに成功してしまった。つまり、作家は体験を、これ以上不可能なほど完璧なかたちに仕上げてしまった。

このあとはもう書けまい。物書きの端くれとして、私は想像するのである。でも開高健は、書き続ける。釣りへと逃げることで「頭の地獄」と闘いながら、おびただしいルポルタージュを書き、『夏の闇』を書いた。

この一冊に収められている短編小説の初出年は、「兵士の報酬」が一九六五年、「岸辺の祭り」が一九六七年、「洗面器の唄」と「戦場の博物誌」が一九七九年で、「玉、砕ける」は一九七八年。

『ベトナム戦記』の出版年から、『輝ける闇』を経て、『夏の闇』以降まで。その地に足を踏み入れてからずっと、書いても、書いても、この作家はベトナム戦争というものにとらわれ続けていたということが、この初出年を見ると理解できる。作家自身、『歩く影たち』の後記に書いている。

「「洗面器の唄」と「戦場の博物誌」の二作では『輝ける闇』などに書いたイメージとダブる部分が若干あるが、それぞれの短篇の主題がどうしても要求してやまないので迷いぬいたあげく再登場してもらうことにきめた。それを使わないことには主題が死んでしまうし、他のイメージの群れも死んでしまうように思われたのである。」

この作家が生涯抱え続けることになるものは、少年時代に体験した太平洋戦争でもなく、その後取材に赴いた他国の暴動でも戦争でもなく、ベトナム戦争だった。ベトナム戦争は、この作家にとってもっとも距離の取りづらかった闘いなのではなかろうか。太平洋戦争は近すぎ、その他のアフリカやテル・アヴィヴは遠すぎた。特派員として参加したことで、アメリカ、ベトナム両国の大義名分も、作家には全身でわかってしまった。「わかる」ことによって、さらに距離は取りづらくなる。この戦争との距離をはかることは、作家にとって、書くこととの距離をさぐることにも似ていたのではないか。

サイゴンの休暇を持て余し、早々と前線に帰っていく兵士を描いた「兵士の報酬」も、フリーター風の少年と滞在する前哨地の短い休暇を描いた「岸辺の祭り」も、枚数の問題ではなく、掌編という印象である。言葉がそれ自身呼吸し、繁殖氾濫していくような文章は、開高健独自のものであり、その言葉の的確さとイメージの濃度、本質を捕まえる迫力に、読みながら幾度も息をのむが、しかし彫刻や油絵というより、スケッチといったほうが似合う作品である。そしてその先、「洗面器の唄」のあたりからじょじょに、その素描に、太い線が描きこまれ、奥行きがあらわれ、色がくわえられていくのを、読み手として私は感じる。「戦場の博物誌」になると、短編小説という枠を超えて作品自体が異様な熱を放っている。その高揚と余韻は、彼の長編小説を読んだときのものと質こそ違えどまったく遜色がない。

今挙げた四作は、戦争を題材にしている点で共通だが、しかし作者は戦争そのものよりも、戦争というものに鈍磨していく人間の姿をどの作品でも執拗に描いている。兵隊も記者も、生活者もみな同様に、悲惨や死に慣れきり、ほとばしる砲声のなか、蚊の音を追ってそれを手で叩いたり、砲弾や銃撃の音が炸裂するなか、蛙を泳がせることに夢中になったり、する。

読み手も気づくはずである。まだ子どものような死体から飛び出した腸や、半分吹き飛ばされてしまった顔に目を背けたいような気持ちになり、「甘いような、淫らなような屍臭」に閉口し、そして次第に、それら悲惨をくり返し読むうち、どんな死の場面が、どんな死体の姿が、どんな差し迫った死の危険が書かれていても、そのこと自体には何も感じなくなっている自分自身に。

人が人に殺される。そのことに鈍磨していく過程を、開高健は冷徹に見据えて、書く。人間から、正義が、尊厳が、理性が、恐怖が、希望が、絶望が、やがて言葉が剝ぎ落とされていく、その様子を書いている。戦争とは言葉で論じるものでも、頭で理解するものでもなく、人がそうして人であることをやめていくことだと、静かに教え論《さと》すように。

だから作者は、自分が傍観者であることを、つねに恥じている。当事者ではないのに、特派員という役割でしかないのに、兵士や住人と同様に自身が鈍磨していくことに、ひたすら恥じ入っている。たとえば「岸辺の祭り」で、主人公の久瀬はこう語る。「《わかる》と口にだした瞬間にどれほどのものが指のあいだから洩れおちていくことか。（中略）助けもせず、闘いもせず、耕しもせず、ただぶざまきわまる言葉をさがしてタイプライターの鍵盤に指を迷わせる男にとってこの国は、いわば、両手を縛ったまま川へとびこむのに似ている。考えるまい。感ずべきだ。」さらに、「ちょっぴり深入りした観光客のほかに久瀬の演じられる役は何もない。」とも。

一九六五年、なぜ開高健が最前線部隊に参加したのかといえば、この、高みの見物への嫌悪と羞恥のゆえであり、鈍磨に抵抗するためであり、作家として「感ず」るためである。

生還しその体験を完璧に書き上げてみて、でもまだ、作家の内には何か残っている。最前線に向かわなければならないような焦燥が、つねに彼を急《せ》かす。ベトナム戦争が終結するまでにもさらに二回彼はベトナムに滞在しているし、そのさなかにももっと何かを求めるように、ビアフラ戦争を、中東戦争を取材しに向かう。

この作家が何にこだわり、何を求め、何に焦燥を覚え、戦渦の町を目指したのか、この短編集はそのことをもっともよく示しているはずだ。

たとえば「戦場の博物誌」には、こう書かれている。

「なぜこんなところにくよくよしがみついているのだ。しかもそれがひとことも口でもペンでも説明できないのは、どうしたわけだ。虫の生活に飽いたのか。死にたがっているのか。何かの動機があってひとたび決意を固めたがために、すべての条件が変って動機そのものが自分でも思いだしようがなくて茫然となるくらいことごとく流失してしまったのに、決意だけがのこされて、それもあやふやそのものなのに、そこから逃げだせないでいる。つまりは自身から逃げられないのだろうか。」

よく研《と》いだ刃物の切っ先みたいな真摯さだと、読むたび思う。なぜ戦争にかかわろうとするのか。なぜ人の生き死にを見ようとするのか。それはつまるところ、この作家にとって、なぜ書くのかという問いでもあったろう。傍観者としてしかかかわることのできない戦争を、人の生き死にを、なぜ書くのか。果たして書けているのか。書けたところで、何ができるのか。こんな問いを自身に向け続けることに、ふつう人は耐えられない。耐えられず、何か大義名分を用意するはずだ。戦場に身を置くこと、それを書くことには意味があり意義があると、いくつもの理由や証左を用意して自他ともに思いこませるはずだ。でもこの作家はそうしなかった。呼ばれてもいない戦地にいる意味を、愚鈍なほど問い続ける。問うて、問うて、そしてその問いは、「自分自身」にしずかに収束する。

　戦争を、人が殺し殺されるさまを見ることとは、作家にとって自身と向き合うことだった。その悲惨や残酷や、正義や善意や、矛盾や無意味や、麻痺や鈍磨、その先の、砲弾のなかで飯を食らうような生の強度と滑稽、それらすべてが自分の内に内含されている。つまり自分は、世界じゅうで一度も終わったことのない戦争という名の自分自身と、いや、人間そのものと向き合いにいっているのだと、ベトナム戦争従軍から十数年かけて、作家は知る。考えて知ったのではない、書き続けることで知ったのだと思う。

　そう思うと、最後に収録されている「玉、砕ける」が異様に静かな迫力でもって迫ってくる。ここで、もう語り手は戦場にはいない。かつて戦場で考え抜いた「白か、黒か。（中略）あれかこれか」という問題について、戦争の気配のまるでない香港で、ふと、「強烈な暗示」を受ける。この強烈な暗示はあまりにも個人的すぎて、語り手が受けたようには、読み手の私は受けることができない。「白か、黒か」ということを、彼ほど真剣に考えたことがないからである。けれど理解することはできる。鋭い切っ先を自身に向け続けた作家が、戦地から遠く離れて今ようやく、答えのようなものを得た、そのことは理解できる。やっと終わることができる。やっと帰ることができる。

そして、この小説のラスト、自身の分身であるかのような乾燥した垢玉《あかだま》は、粉々に砕けている。ここで私は、思想も正義も言葉も感情もなくして未だある生が、静かに消滅していく様を思い描かずにはいられない。ここに戦争の影はなく、差し迫った危険はない。ただ命の、生の、壮絶さと静かな終焉があり、それが饒舌に感じられるほど静かな視線でとらえられている。

このラストには希望も絶望もない。戦地に赴き体をはって自身と向き合い、言葉を用いて問い続けた作家の、ひとつの結論だけが、静寂のなかにある。

この文庫の元になっている『歩く影たち』の後記は、こう締めくくられている。「永く別れるとなれば何度かまじまじと眺めたい顔がある。そのようなものでもあった。私としては一つの訣別であった。

かねてからこの一冊は何とかして作ってみたい本だった。」

一九六四年にベトナムへ渡って以来、十五年かけた訣別である。

今現在、読後感の悪い本は読み手にも編集者にも好まれない。読後感が悪いというのは、希望がない、救いがない、意味がわからない、というようなことである。読後感などいったいどれほどの意味があろうと、開高健の作品に触れるたび思う。小説は人の気持ちをあたたかくするためだけのものでもなく、自慰のためだけの道具でもない。もっと肉薄し、おびやかし、揺さぶり、私たちの生をのみこんだり取りこんだり、するものではないか。もちろんそのような小説は、鋭い切っ先を自身に向け続けることのできる作家にしか産み落とせないのではあるが。

小説に何ができるか。

これほどのことができると、開高健の作品を、とくに本書のように戦争を扱った作品群を読むたび、私は少したのもしい気持ちで思うのである。開高健の著作がベトナム戦争を終わらせたわけではない、世界を変えたわけではない。でも、小説にはこれほどのことができる、ということに、今この一冊を読み終えたあなたなら、きっと深く領いてくれるだろうと思う。

（「講談社文芸文庫」解説　2009・6）

## 開高健のこの三冊

①『輝ける闇』(新潮文庫)
②『最後の晩餐』(光文社文庫)
③『一言半句の戦場――もっと、書いた!もっと、しゃべった!』(集英社)

開高健作品にはじめて出合ったのは小説書きを仕事にしたあとだが、書くという行為について私はこの作家にもっとも影響を受けていると思う。この作家を知らなければ書くことはもっとたのしい作業だったろうと、いつも思う。それは後悔ではない。たのしい作業でないと知ることは、私にとって幸福なことだった。

①は私がはじめて読んだ開高健作品。みずから取材したベトナム戦争の壮絶な体験を元に書いた、ルポルタージュ小説である。読んだ場所が旅先のベトナムだったということもあって、私はいっぺんに小説世界に取り込まれた。見て、見極め、さわり、つかみ、また見て、それを何ひとつ漏らさず失わず、言葉に還元していく。なんと真摯に誠実に、目の前にある真実と、言葉と、人間と、格闘しているのかと驚いた。今も読み返すたび、驚いてしまう。

②は随筆。小説と同じく、これまた作家は対象とがぶり四つに向き合っている。戦時下に飢えた少年期を送った開高健は、生涯「食」にこだわった。おいしいものをただ羅列していくような、柔《やわ》な本ではない。飢え、食人、排泄、食という人の営みにまつわるタブーも汚れもぜんぶ書く。やわらかい食べものに慣れきった私たちは、読むことで顎が鍛えられる。

③は、作家の死後に出た「新刊」。対談だろうと、キャッチコピーだろうと、帯だろうと推薦文だろうと、彼が扱えば、言葉はマジックのように開高健そのものになる、ということが、読んでいてわかる。この作家の、人間嫌いと厳しさと、ユーモアとチャーミングと、厭世《えんせい》と、それでも持ち続けた人間への希望、信頼、そういったすべてがこの一冊には詰まっている。

過剰なほどの言葉でもって、この作家が書くことにこだわったその対象は、人間だと私は思っている。人間の、なまなましいにおいと言ってもいい。そのにおいの醜さからも汚さからも愚かしさからも彼は目をそらさなかった。読み手に目をそらすことも許さない。昭和の終わりとともに消えた作家が、もし生きていたら、今を通してどんなふうに人を書いたか、私はずっと考え続けている。自分がこの作家に近づけるとは思っていないし、この作家の眼を借りられるとも思っていない。ただ、この作家ならどう書いたか、どう見たか、そう思い続けることが私の、この作家へのかわらない敬愛のかたちなのである。

（「毎日新聞」2010・8・15）

# 小説は世界を超えることができるのか

池澤夏樹『光の指で触れよ』（中公文庫）

もし私が二十代でなくて、好意を持っている男の子に勧められたのでなければ、池澤夏樹という作家の作品を手にとることはなかったかもしれない。雑駁な言い方をしてしまえば、池澤夏樹作品は、理系だ。そして私は文系極右、理系の言葉をほとんど解せないというコンプレックスがあり、極力避けているからだ。

でも、そのとき私は二十代になったばかりで、好意を持っている男の子に池澤夏樹の小説を勧められたのだ。『スティル・ライフ』だ。いっぺんで私はその世界に取りこまれた。とはいえ、それは通常の「おもしろい本に夢中なる」と、少々異なる感覚だった。何か非常に大きな、信じるに足るものに出合った感じ。それはもしかしたら、小説への感想というよりも、哲学や、思想に対して持つような印象かもしれない。

以来、池澤夏樹という作家は、私のなかではそういう位置づけにある。この人の新作を手にとるということは、おもしろい物語を読める、という期待に加え、池澤夏樹のあたらしい思索に触れることができる、あたらしい何かを知ることができる、というような信頼もある。

本書『光の指で触れよ』も、然《しか》り。これは新聞小説だった。通常なら挿絵が掲載される部分に、いつも写真が載っていたことを覚えている。

『すばらしい新世界』を既読の人だったならば、この小説の冒頭に少なからずショックを受けるだろう。あの、理想的な家族の面々が、あれほどの大きなことを乗り越えた人々が、ばらばらに暮らしていることが、まずわかる。長男森介は新潟にある全寮制の高校。これは、まあ、いいとして、問題はアユミとあたらしく生まれた長女のキノコが、ヨーロッパにいる。しかも林太郎は居場所を知らない。どうやら二人のあいだにやりとりはない。そして読み手が知ることになる、そうなった原因であるところの、林太郎の恋。そんな！ とだれしも思うであろう。あんなにも多くのものごとについて話し合い、共有し合い、Eメールを通して共通体験をしても、それでも、こんなふうに離れてしまうものなのか。

もちろん、『すばらしい新世界』を未読でも、すんなりとこの小説に入っていくことは可能だ。

夫の外での恋愛を知った妻が、幼い子どもを連れて、アムステルダムにいる友人のもとに滞在している。夫は、そのいったんは終えた恋愛を考察し、そしてまた、「今の楽しさ」だけで恋愛相手とかかわることを決める。

しかし読み手は（池澤夏樹作品にはじめて触れたとしても）すぐに気づく。これは結婚外恋愛を描いたメロドラマでもなく、離れた男女の自分さがしの物語でもないらしいことに。

夫である林太郎の恋愛は、きっかけである。自身がすでに持っているもの、受け入れているもの、世のなかにすでに提示されているもの、それらひとつひとつを疑い、取捨選別しなおすきっかけ。

妻アユミは、アムステルダムの友人宅から、フランスのコミュニティーへ、さらにスピリチュアル色の強いイギリスのコミュニティーへと子連れで移動する。夫に浮気をされた女が移動するような距離ではない。もっと違うものに追い立てられて、彼女は移動する。家族でない人たちとともに暮らし、今まで持ったこともない考えに触れ、既成概念からゆっくりと解放されていく。

それとともに、読み手である私たちも、まったくあたらしい暮らしを、考えを、方法を、知らされる。そうして日本で今を暮らす私たちが持つ、あるいは持たされてているゆがみについて、気づかされる。小説は、異国のコミュニティーのありようがまともで、日本のありようがおかしいと言っているのではない。そんな単純なことではない。私たちの考え方、暮らし方、消費の仕方、当たり前と思って受け入れていることが、いかに画一化しているかを小説は静かに指摘する。ほかにどんな考え方があり、どんな暮らし方があり、どんな生き方があるのかを、私たちはアユミとともに、ある新鮮さを持って知ることになる。

並行して、奇遇にも林太郎はひょんなことから農業に興味を持ちはじめる。自分の食べるものを作ることに徹する、利潤追求の単作農業とは対極にあるパーマカルチャーというものを知り、引きこまれていく。これもまた、アユミが異国で考えているのと同じ、既成概念からの解放である。

途中、森介が、招かれた父の友人宅で、新潟での停電体験を話すところがある。私は幾度読んでも、この箇所で泣いてしまう。感動して泣くのではない。もっと複雑な思いにとらわれて、それをあらわす言葉のかわりに涙が出るのである。自然はなんとうつくしく、同時に獰猛《どうもう》なのだろう。それをはじめて味わった男の子の、ただたんと話すから圧倒的な沈黙と、無力感。森介がまた、感情のいっさいを言葉にせず、ただたんと話すからこそ伝わる迫力。獰猛な自然と闘い、共存の道をさがしてきた、人類の膨大な時間すら垣間見える。そしてここでも小説は、私たち自身に問う。もし今、私たちの暮らす町で同じことが起きたら、さて、どうするか。

森介のクラスメイトの父親は、東京でのサラリーマン生活を辞め農業をするために岩手に引っ越している。その父親は、自分たちの食べるものを作ることに徹する農業、パーマカルチャーをはじめた理由について、「世間が不況になろうが、穀物相場が崩れようが、自分の土地だけで一家が生きていける」と言う。「どこでもスーパーの棚は空になるし、家事の予算はぐんと減る。先の見通しもなくなる」と、森介の友人の父親は言う。「何十年か後に世界中のみんながする苦労を、わしらは先取りしたんだ」と。そして林太郎は、そうかもしれない、と考える。

ものがあふれ、最新のものを買わないと気がすまなくなり、Aを買えばBがほしくなり、Bを買えばCもほしくなり、そうするとAの最新型が登場する、まさに私たちが生きているのはそうした社会で、それらAもBもCも、出続けて枯れることがないと私たちは無意識に信じている。空になった棚なんて、見たことがないのだ。そして想像力を失う。棚が空になるかもしれない想像力。それから、棚が空になったらどうすればいいのか考える力も。それはまさに停電の日、森介が見たコンビニエンスストアの光景だ。

この小説を読んでいると、ノアがどうしても思い浮かぶ。もうすぐ洪水がくると言ってまわった、あのノアである。けれどだれも信じなかった。もちろん小説は何かを予言しているのではない。今を救おうとしているのではない。ただ、静かに告げているる。そろそろ考えたほうがいいのではないか。想像力を持ったほうがいいのではないか。持っているもの、持たされているものを疑ったほうがいいのではないか。いや、告げるのでもなく、見せてくれるのだ。考え方の多様なサンプルを。そうして池澤作品の特色でもあるが、そのサンプルを、太く強く、こまやかな知識と裏付けが支えている。『すばらしい新世界』で風力発電とはなんであるかを、文系極右の私に忍耐強く教えてくれたように、この小説は、経済とはなんであるか、農業とは、パーマカルチャーとは何かを、やはり同じ忍耐強さ、ていねいさで、むずかしい言葉をいっさい使わず、くり返し教えてくれる。

『すばらしい新世界』では、風力発電とはべつに、宗教について考えさせられた。私たちが特定の（すがるべきものとしての）宗教を持たないこと、そのもろさを思い知らされた。それに変わるものはなんであるか考えるきっかけを小説は作ってくれた。それは今作でも受け継がれている。宗教なき私たちが、今後、何を精神的拠り所にして生きていくのか。いつのまにか神の座に経済が居座っていることを、そろそろなんとかすべきじゃないのか。

すがるべき宗教を持たないことを、小説は嘆いてはいない。私たちはさがさねばならない。アユミのように、必死になって。明日子の言う「絶対のもの」を、それぞれに見つけなければならない。今後、ますますその必要が生じてくる時代を私たちは生きているのだと思う。

では、美緒という存在はなんであったのか。そう考えずにはいられないが、この小説において、やはり「きっかけ」、そのものであるように思えてならない。林太郎とアユミを結びつけなおすきっかけ、ではない、それぞれがそれぞれの道を真剣に見つけようとする、そのきっかけ。恋愛は、さなかにいるあいだはひたすらに甘美なものだが、しかしこんなふうに、成就や終焉とまるで関係なく、個人の（あくまで個人の）人生や運命を激しく変える、最たるものでもある。

「人生は運不運という偶然と自由意思から成っている」と、アユミは考える。「自分という主体がまずあって、その自分の意思と外からの運命が絡み合って人生は組み立てられていく」。

美緒はつまり「外からの運命」。そんなふうに描かれた恋愛を、私は今まで読んだことがなかった。なんと不可思議で残酷で、グロテスクな必然なんだろう。

個人の人生、運命といったものから、共同体の、社会の、世界の、時代の現在と未来まで、ミクロからマクロまでが、この小説には描かれている。どちらがなくともどちらも成り立たない。私自身が、今という時代に、共同体に、社会に、世界に荷担している。そして今という時代、生まれ落ちた場所、選んだ共同体、含まれている社会、見ている世界が、私個人に関与する。そのことを小説は、強烈に思い出させる。時代が悪い、環境が悪いと傍観することは、私自身を生きないことと、同義だ。それは、時代や社会に縛られることを意味する。

やはりこの作品も、私にとって小説を超えて、大いなる哲学であり思想であった。そうして、『すばらしい新世界』ののちに、チベット仏教僧たちによる大規模暴動が起こり、この『光の指で触れよ』ののちにサブプライム問題、リーマンショックによるアメリカ金融危機、そこから波及した世界金融危機が起きたことを思うと、鳥肌が立つのである。小説はこのように世界を超えることができるのかと。

二十歳過ぎの私に、池澤夏樹を教えてくれた男の子とはうまくいかなかったけれど、もしかしてそれも私にとって重要な、きっかけとしての恋愛だったのかもしれないと、ちょっと本気で考えてしまう。この小説世界を知るか知らないかは、私にとってそのくらい大きな違いがある。

（「中公文庫」解説　2011・1）

## 池澤夏樹のこの三冊

①『マリコ／マリキータ』（角川文庫）
②『きみのためのバラ』（新潮文庫）
③『カデナ』（新潮社）

池澤夏樹には、詩、評論、エッセイ、小説、膨大な著作がある。それは様々な方向に扉があることを意味する。私は大学生のとき『スティル・ライフ』（中公文庫）という扉から入った。この作家は、膨大な教養及び専門知識、深い洞察の奥から、私にもわかる平易な、それでいてうつくしい言葉で語りかけるが、ときに、難解な扉もある。もし『ぼくたちが聖書について知りたかったこと』（小学館文庫）が扉だったとしたら、開けなかったかもしれない。聖書について興味と知識と疑問がなければ、たぶん開けない扉だ。だからここでは、多くの池澤夏樹ファンのブーイングを浴びることを承知で、私のような無知無教養、ばりばりの文系人間でもじつに開けやすく入りやすく、そしておそらくもう出られない扉を三つ、紹介しようと思う。

①と②は短編集。①の出版時、二十代のはじめだった私は感銘を受けるとか感動す

るとかを超えて、影響を受けた。小説への影響ではない、人生への影響だ。②を読んだときは四年前。何気なく読みはじめて、気づけばものすごいところに連れていかれている。①と②のあいだには、十七年の月日がたっている。この十七年に世界で何が起き、それによってどんなふうに変わったのか、小説には世界情勢などひとつも書かれていないのに、両者を読むと、はっきりとわかる。池澤夏樹のすごいところは、そこだ。小説を書きながら、今の世界をまるごととらえているところ。むずかしい言葉をいっさい使わずに、私のような人間にも、（比喩ではない意味での）世界について、世界の未来について、考えさせるところだ。なのに、読後感はきちんと小説のそれだ。ああ、なんとうつくしい場所に私はいってきたのか、なんと気持ちのいい人たちに会ってきたのかと、思わせてくれるのである。

③は七〇年代の沖縄が舞台。ある偶然からほとんど関わりのない四人が、アメリカ軍の北爆情報をベトナム側に伝える「スパイ」となる。徹底的なリアリズムに支えられた小説で、読み手は沖縄の湿気や熱気を感じながら、国籍も生い立ちも異なる彼らをどきどきしながら最後まで見守る羽目になる。そして最後に、知る。これが比類なき恋愛小説でもあることを。

最後に。私はこの作家に、小説とエッセイ、翻訳ばかりでなく、彼の視点から選んだ世界文学を紹介してもらったことを、今、心から感謝している。

（「毎日新聞」2011・3・13）

## 目的のあるふりなんかしない

田中小実昌／大庭萱朗編『田中小実昌エッセイ・コレクション2　旅』（ちくま文庫）

失礼な言いかただと承知で、それでも愛と尊敬をこめて言わせてもらうと、まったく、しみじみ、田中小実昌は、へんなおっさんだよなあ……。

その「へん」さがもっとも際立っているのが紀行エッセイだと私は思っていて、だから、この一冊は「へん」の集大成、最高峰ということになる。

何しろ、このおっさんは、日本全国、いや世界に出ていったって、ずうっとバスに乗り、酒を飲み続けているのである。名産物も食べない、観光名所もいかない、お金の単位も覚えない、下手すると、バスの行き先さえ見ない。きたバスに反射的に飛び乗って、終点までいって、同じバスで戻ってくればいいけれど、そのままずっとバスを乗りついで、いけるところまでいこうとする。こんな旅のしかたは聞いたことがないし、こんな大人も彼以外見たことがない。

そうはいっても、かねがね私はこの「へん」の極みである旅のしかたにあこがれており、自分自身の旅の折、幾度もコミさんの真似をしようとしている。知らないバスに、ぽんと乗っちゃえばいいのである。それで終点まで座っていればいいだけなのだ。しかし、それがどうしてもできないんだなあ。これがなかなか、かなり勇気のいることなのだ。

一度だけ思いきってやってみたことがある。けれど失敗した。スリランカで、行き先のわからないバスに乗ってみたのだが、異国人の私に「どこへいくのか」と、運転手と周囲の人々は親切心で訊いてくる。よほど不安な顔つきでいたのだろう。「このバスがどこにいくのか知りたいんです」答えても、つうじない。言葉が、ではない。「どこへいくのか知らないバスに乗ってみようと思う」気分が、つうじないのである。結局、バスは発車せず、乗客数人をまきこんでの大騒ぎになってしまい、私は頭にあった地名を言って、親切な地元住民によってほかのバス乗り場に案内された。

そのとき気づいた。電車とは違い、バスというのは、人々の目的を縫って走る乗りものなのだ。これは全世界に共通する。町内でも、ミャンマーの村でも、ロシアはサンクト・ペテルブルクでも、バスに乗りこんで乗客を見まわしてみれば、全員何かしら——家に帰る、買いものにいく、病院にいく——目的を持っている。持っている顔をしている。だから、行き先のわからない、自分の目的の見あたらないバスに乗りこむのには、特殊な勇気が必要になる。また、バスの乗客も、そこに目的のない人間がまぎれこんでいると特殊な不安を感じる。

平気な顔で目的のないバスに乗りこむ著者には、もちろんだれも「どこへいくのか」なんて訊かない。彼は目的のある人々にかこまれて、未知の場所へと運ばれていく。

異国のバスで、ただぼうっと終点まで運ばれていく著者を、運転手が強盗か何かじゃないかと疑ってこわがったというエピソードがあるが、運転手側の心情に私は共感する。運転手は、バスを乗りついで遊んでいる大人が世のなかにいるなんて、当然、知らなかったのだ。

知らないものはこわい。知らない場所へいく乗りものはこわい。私たちはなんだって知っていたい。知っている場所ともものを安心して見ていたい。しかし、この、知る、知らない、理解する、理解できない、ということの根本に、著者はつねにこだわっていたひとではないか。

知っているふりなどしない、わかったふりなどしない、意味から再構成された事実をうのみにしない、というのは、すべてにおいてこの著者の基本的姿勢で、そのなかに、目的のあるふりなんかしない、というものも含まれる。それで、知っているふりをし、わかったふりをし、いつもいつも目的があるふりをして、もしくは、目的があると思いこんで暮らしている私たちは、どきりとするのだ。

この紀行エッセイはとても読みやすくて、いつのまにか、バスを乗りつぐ著者の目線に同化して、どこへでもいけそうなかろやかさを思わず感じてしまうのだが、しかし、著者のさりげない考察に、思わず足を止め、ふりかえり、自身を疑ってしまう。私は何をわかっているんだったか、と。そんなの、全部嘘なんじゃないか、「ふり」にすぎないんじゃないか、と。

「中国にきて、ここは人民公社ですよ、というところにいながら、人民公社がわからないからこそ、わざわざやってきたかいがあったのではないか。」（「のんびりしているのが性に合う」より）

著者独特の、一見そらっとぼけたような、人を食ったような表現だが、しかしなんと大きく、なんときびしく、なんと自由な視線だろうかと、しみじみ思う。

知っているふりをけっしてしない著者は、全世界をまるごと庭のようにうろついて、なんでもかんでも、きちんと驚く。山があり、川があり、バス停があり、老人がいて子どもがいて、路地裏があって町がある。そのすべてにずっと驚いている。観光名所も地元の名産物も、いい宿も安い市場も登場せず、世界編などはときに地名すらはぶかれ、事件は何ひとつ起きないのに、この紀行エッセイが読むものを最後までわくわくさせるのは、著者のこの驚きの故だと思う。山が山であり、町が町である、世界が世界としてそこにあるという単純な新発見、何ものにもとらわれることないスケッチは、私たちをも解き放つのだ。常識や、知識や、見栄や恐怖や退屈や知ったかぶりから。

自由でいるということは、他から見て「へん」にうつるらしいと、読後気づいた。しかし、自由になってみれば、へんだのなんだのも、どうでもいいことになるんだろう。

コミさんの紀行エッセイは、私にとって旅の指南書でもある。数年先には、私もこのような、何にもとらわれない旅ができるよう、精進しなくちゃ。

などと言っているのを聞かれたら、このとんでもなく自由なこのおっさんはきっと目玉をまん丸くして、精進だって！と、こっちがびっくりするくらい、驚くんだろうなあ。

（「ちくま文庫」解説　2002・7）

# 人はこんなにも奥深い

田辺聖子『蝶花嬉遊図』（講談社文庫）

私は田辺聖子作品に出合わないまま大人になった。もちろん作家の名前はずっとずっと昔から知ってはいた。けれど手にとらなかったのだ。こういうふうに告白すると、「田辺聖子も読まず小説家になろうとし、実際になり、なったままでいる人がいるなんて」と、怒ったり呆れたりする人が必ず出てくるけれど、でも、ずっと読まずにいたそのために、ある小説やある作家に出合う、その時期の重要さを、私はこの作家の作品に教えてもらったと、勝手に思っている。

はじめて手にした田辺聖子作品は短編集で、するすると読み進めながら、いちいちぎょっとしていた。そこには私の知らない世界が描かれていた。その短編集は、恋愛小説集としてまとめられているようである。たしかに、どの短編にも恋愛をしたり、恋愛を終えたり、恋愛ができなかったりする男女が出てくるのだが、でも、「恋愛小説」という括《くく》りから何やらぐにゃぐにゃはみ出す異様な部分があって、その異様さは、私の知らない種類のものだった。そのとき私は既に四十歳で、恋愛ならばいくつか、結婚も離婚も経験していたので、そういうことにおいて知らないことは（さほど特殊なことでないかぎり）そうそうはない、と無意識に思っていた。そんなわけだから、なおのこと、次々あらわれる未知にぎょっとし、その未知の領分の広さにぎょっとし、さらに、未知なのに、その心理その状況その人となりが、自身か近しいだれかのようにわかってしまう、そのことに輪をかけてぎょっとしたのだった。

この『蝶花嬉遊図《ちょうかきゆうず》』を読んだときにも、はじめて感じたのとまったくおんなじことを私は感じた。恋愛小説と括るにはあまりにも何かがはみ出していて「恋愛」におさまってくれそうにないし、かといって、生活小説でも仕事小説でもない。何かに括ることのできるようなものとは違う。そしてやっぱりここには私の「未知」がある。すみずみ知っているような、未知が。

主人公の脚本家、三十三歳の浅野モリは、妻子と別居しているレオと恋愛関係にあり、共棲《ともず》みしている。以前は「狂気のように」仕事を引き受けていたが、病気をし、好きな男と暮らすようになり、十分の一に仕事を減らしている。

この暮らしをよしと思うか思わないかは、人それぞれだろうけれど、でも、とくに女性ならば、だれしもが一度は夢想したことのある暮らしではなかろうか、と私は推測する。私は自分の仕事を愛しているが、それだってやっぱり、こういう暮らしをしてみたいと幾度かは思ったことがある。

しかしながら、「こういう暮らし」にたどり着くには条件が必要である。

一として、まず、めちゃくちゃに、なりふりかまわず、仕事をしたことがなければならない。
二、その上で、その仕事なんかどうでもいいと思えるくらい、好きな男がいなくてはならない。
三、その男と、味覚・嗜好が合わなければならない。
四、その男が、すべてとは言わないがある程度、自分と似た優先順位と価値基準を持っていなくてはならない。
五、その優先順位と価値基準を生かした生活ができるだけの、経済力がなければならない。
これはなかなかにむずかしい。一が可能であったとしても、二がむずかしく、二をクリアしたとすると、三はさらに難易度が高く、万が一、慣れ等で味覚・嗜好をすり合わせたとしても、四はもう奇跡に近い。贅沢をするわけではないのだから、五なんてのは三や四と比べればかんたんなことかもしれない。

四が奇跡であるのは男の責任ではない。二十代、三十代と、がむしゃらに仕事を、それも男女の差のない世界で仕事をしてしまった女は、だれに教わったわけでもない人生の優先順位と価値基準を確固として作り上げてしまっていて、かんたんにそれを崩すことができないせいでもある。この主人公、モリだってそうだ。何がたのしいか、どう過ごすのが自分は好きか、親でも既成の常識でもない、自身で導き出して、知ってしまっている。そこにレオという男が同じ味覚ばかりか優先順位、同じ価値基準をひっさげてあらわれ、二人は互いにそれを強化して、そこに幸福の根城を作り上げた。

その根城とは、すなわち、ものを持たない贅沢を実現した「素朴好み」の部屋で、「ドデン」と呼ぶ丸太の輪切りの食卓を置き、そこで「二人の人生でいちばん大切」であるおしゃべりをし、「格のおちた」おいしい食べものを二人で食べる。二人にとって仕事はもう二の次三の次で、ただひたすら、相手とともにいることが大事。モリは髪を短く刈りこみ、化粧もせず、煩《わずら》わしい人と交わりもせず、仕事ではない古典書「かばねたづぬる宮」の現代語訳を自分のペースで進めながら、料理をし、レオの帰りを待ち、大振袖を寝間着にして眠る。弱冠三十三歳にして、そんな理想郷にたどり着いてしまったのだ。

そんなモリと対照的な女として、ミドという親友が、描かれる。モリと同じ脚本家で、組合の委員までやっている。四十間近で同棲も結婚も経験なく、少女のように恋をしながら、ばりばりがつがつと働いている。きちんとお洒落をし、化粧をし、仕事を評価され賞をもらい、旺盛な野心の象徴のように太っていく。ミドは世の理《ことわり》どおり、自身の嗜好や優先順位や価値基準を共有してくれ、なおかつ尊敬できる男になかなか出会えないまま、間近に迫った四十歳を待っている。

仕事を持っているかいないかに関係なく、たいがいの人は、多少の差はあれミドや、レオの妻、センセの隆子さんのように暮らしている。好きな男のためにミートソースを煮、すき焼きの残りをうまく牛めしにし、その男と過ごす時間のことだけを考え、読みたい本だけをくり返し読んで暮らし、足りないものが何ひとつない、そんな至福は、ほとんどすべての女性にとって「未知の領域」であろうと私は想像する。モリの至福は、奇跡の五段階をクリアした男と出会ったから、手に入ったものではない。彼らの天国のごとき日々の、さらなる条件として、レオが別の場所に家庭を持つ妻帯者であり、その妻は愛人との夫の暮らしを黙認し、なおかつ、モリ自体、婚姻も子どもも生活の保障も契約も、レオという存在以外のいっさいを何ひとつ求めていない、奇跡より難解なそれらが、二人の暮らしの基盤となっている。つまり彼らの日々から、生活という厄介なものはシャットアウトされているのである。

モリはよく死について考えている。もちろんレオとの死別がこわいからである。けれどそればかりではない、「ずうっと幸福でいるには、『死』しかないのではないか、と思っちゃう」とも、モリは考えている。絶頂期を下降させない方法は、ただひとつ。そこで終わらせることだと、彼女も読者も、うすうす知っている。モリとレオの、これ以上ないほど幸福で、何ひとつ生み出さない暮らしが、どういうわけだか先も未来もなく、そういう意味においては死そのものととても近いことも。

話は少々ずれるが、物書きになって私が実感したことのひとつに、幸福よりも不幸を書くほうがたやすく、よろこびよりもかなしみを書くほうがたやすいというものがある。さらに、いい男よりも、だめな男、格好悪い男を書くほうが、これまたたやすい。なぜなら、幸福やよろこびというものに法則がないからだ。それは言葉にならないところからひょいとあらわれて私たちをうっとりと満たし、言葉が追いつく前に消えてしまう。お茶漬けを食べているだけなのに指の先までしあわせなこともあれば、どこがおかしいのかわからないまま思い出し笑いをすることがある。なぜ、と問われても自身ですらわからない。幸福やよろこびというのは、そうしたものだ。

田辺聖子という作家をすごいと思うのは、不幸よりも幸福を、かなしみよりもよろこびを、だめな男よりもいい男を、さらりと描いてしまうところだ。説明されなくても、また共感しなくとも、登場人物を満たすよろこびやうれしさや笑いを、私たちはすんなりと理解してしまう。そうして格好悪い男、だめな男の、その格好悪さ、だめさをも、すてきに描いてしまうのが、この作家である。妻も子もあり、電話がくればおとなしく本宅へ帰っていくこのレオという男を、しょうもない男になんていくらでも描けるが、でも、私たち読み手は、言葉で説明されていない彼の弱い部分だめなところをひっくるめて、レオを憎めないばかりか、魅力的に感じるのである。

けれどモリは、その幸福、よろこび、笑いから、ゆっくりと顔を上げ、右足を抜き出し、左足を持ち上げる。「かばねたづぬる宮」に登場する大納言夫人が、ほととぎすの声にふと昔言葉を交わした男性を思うように、「書けるな」と思い、立ち上がり、貫頭衣《かんとうい》を脱ぎ捨て、化粧品とストッキングを買い、まるで戦闘態勢に入るかのように化粧をしブラジャーを身につけ、トルコブルーのツーピースに袖を通す。

本来なら、私はここで、「そうだ、いけ、モリ、いけ！」と、彼女にエールを送りたい気分になるはずだ。モリの隠遁生活のような暮らしにいくら憧れても、私はやっぱり、ミド派、センセ派で、男だの女だの関係ない、人はがしがし働くべきだと思っているのである。さらに、いくらそれが隷属でも服従でもないにせよ、男の帰りを待つ暮らしなんていやだ、という思いが、あるのだ。

なのにどういうことだろう、私もモリといっしょになって動揺する。レオは最後までいい男である。家事能力のあるこの男性は、仕事に向けて態勢を整えてしまったモリに、そんなものはやめろとは言わない。仕事場に泊まりこむことを勧めすらする。その上で還《かえ》る場所を確保しておこうと言ってくれる。なのに、モリは食ってかかる。揺らぎ、戸惑う。

彼女と同様に、読み手である私もまた、勘で理解してしまっている。わくわくとした戦闘態勢で、この心地よい根城を出ていってしまったら、もう二度と、同じ場所へは戻れない。ドデンは変わらずある、白いピアノもある、好きな男もいる、大振袖の寝間着もある、でも、完璧な至福だったあの場所とは、決定的に違ってしまう。

女性が、仕事を選ぶか、恋愛を選ぶか、といったシンプルなストーリーでは、決してないと私は思う。人が生きるということはどういうことなのか、それを、やわらかな切っ先で、この小説は鋭く突きつける。私たちは生きているかぎりしあわせであることを望まずにはいられないが、しかし完全な幸福というものが手に入ったとたん、私たちはそれをぶち壊したくなるのではないか。矛盾するようだが、生きるために。

モリに、ミドのような野心はないし、強欲でもない。出世も望んでおらず、経済的なものを求めてもいない。ただ、自分の書いたものをおもしろいと言ってもらいたい、というような、漠然とした思いがあるだけだ。なのに、彼女は幸福のなかで完結するのではなく、そこから外に踏み出していくことを選び取る。その選択に自身で愕然としつつも、そうせずにはいられない。生きることはかくも業《ごう》深い。幸福以上の何かを、私たちは求めざるを得ないのだ。

田辺聖子さんの作品には未知があると、先に書いた。未知というのは、今まで言葉によって認識されていなかった気分である。言葉にならないものを、私たちがよく知っている、馴染みある言葉で語られて、そうしてはっとする。幾度もはっとしながら、未知を、隅々まで味わい尽くし、そうして最後には、モリと私はある部分で深く重なり合って、あの、ドデンだけがある簡素な部屋が、すでに泣きたいほどなつかしくなっている。

先に、私はこの作家に、出合う時期の重要さを教わったと書いた。もちろん十代二十代に田辺聖子という作家に出合っていても、それは幸福な体験だったと思う。けれど、おそらく私はここに書かれている「未知」の領分に気づかなかったろうと想像する。むずかしい言葉や言いまわし、理解できないような複雑な気分が、田辺作品からはていねいに排されているから、よくわかった気になってしまったろうと思う。人はこんなにも奥深く、不可思議で、矛盾し、生きることはこんなにも複雑で、寄る辺なく、しかし根強い、そうした「未知の領分」を、充分に味わい尽くせなかったように思うのだ。あと十年後、二十年後、読み返したら、その未知はもっともっと広がっているように思う。長く生きれば生きるだけ、知ったような気になるのが常だが、しかしその逆、じつはなんにも知らないと気づかせてくれるのが、田辺聖子という作家の小説なのではなかろうか。

(「講談社文庫」解説　2010・2)

## 「人」という迷宮
山田太一『冬の蜃気楼』（小学館文庫）

舞台は一九五八年、東京郊外にある撮影所である。語り手の青年は、就職難でやむを得ず映画会社に入社した、大学を出たばかりの青年、「私」こと、石田である。

小説はまるで映画か演劇のようにはじまり、気がつけば読み手は、活字を読んでいると言うよりも、そこで起きることをひどく間近で見ている。あまりなじみのない撮影所という場所を、「見る」ことによってそれぞれの内になじみある場所として作り上げてしまう。

この小説のおもな登場人物は、三人である。二十二歳の石田、四十歳前後の俳優、羽柴重作。そして十六歳の新人女優、中西瑠美。下っ端の助監督、演技が下手な俳優、そして、まばゆいばかりにうつくしい少女。こんなにも癖のある三人がそろったとなると、読み手は、三人のゆくすえを想像する。若い石田と瑠美は恋愛をするだろう、そこに羽柴が邪魔するようにかかわってくるのだろう。そうしてすぐに、そんな自分の想像が安っぽく陳腐であることに気づかされる。小説がことごとくその想像とかけ離れていくからである。まったく、思いもしない方向に。

石田と瑠美は恋に落ちないし、羽柴は二人のあいだに入ってくるわけではない。奇妙としかいえない関係が生じはじめる。この奇妙な関係は、恋愛でもなく友情でもない。あてはまる言葉がない。恋をするとか裏切るとか、そういったとくべつなことは起きない。でも、読みやめることができない。「見」やめることができない。気がつけば、まったく見知らぬ場所、何ともたとえることができないほどの遠い場所に、つれてこられている。

これぞまさに、山田太一さんの魅力だなあと、十代の半ばから山田太一さんのドラマ作品のファンだった私は思う。入り口はよく見知っていて、だから躊躇《ちゅうちょ》なく足を踏み入れて、夢中になって、気がつけば、まったく知らない場所にいる。ひとり、残されている。

とくべつなできごとが起きないのに、読みやめられないのは、ひとつには、登場人物たちの奥ゆきのゆえだ。

だれも、得体が知れない。（羽柴について）うさんくさい男、とか、（石田について）自意識過剰の若造、とか、断じるのはかんたんそうであるが、しかし断じさせない奥ゆきが、彼らにはある。うさんくさいだけではない、何か透明なものが羽柴にはあり、自意識過剰とだけは思えない老獪《ろうかい》さやかすかな冷徹さが石田には見え隠れする。この人たちは、いったいどんな人なのか。知りたくなって、つい、深入りしてしまう。このあたりは、現実世界での人とのつきあいと同じである。

小説のなかでも、彼らはそんなふうなかかわりあいをしている。もっと知りたい、と思うのは、好きだからでも嫌いだからでもない、相手が謎だから、謎すぎて、つきあいを断つことなど思いつかず、相手の奥へ、奥へと進んでいく。このあたりの、石田の心理描写が、じつにていねいに書かれていて、羽柴を拒絶しないばかりか、積極的にかかわっていってしまう石田の気持ちが、わがことのようによくわかる。そっちにいったらよくないとわかっていながら、でも、いってしまうことに、納得してしまう。

語り手である石田には、よい感情を持っていない羽柴も、恋愛に近い思慕を抱く瑠美も、理解できない。羽柴にかんしては、どんどんわからなくなっていき、瑠美にかんしては、こうであるはずだという誤解かもしれない理解を重ねていく。石田と同様に、私たち読み手も、石田も瑠美もとらえ損ねる。羽柴の、どこからどこまでが嘘で、なぜそんな嘘をついたのかと推測しようとして、いや、そんなにかんたんなことではないと思い、瑠美にたいする石田の理解を、それはまちがっていると思うものの、どうまちがっているか指摘できない。奥に奥に進むうち、私たちもまた、「人」という迷宮に入っている。

山田太一さんの描く「人」は、かならず迷宮である。悪事を働いたから悪い人、子ども好きだからいい人、というシンプルなことがない。子どもをかわいがりながら平気で親友をだまし、でもそのあとで、かなしいニュースをテレビで見て心から泣き、ふとした拍子に、嫌いなやつを思い浮かべて死ねばいいと思う。山田太一さんが、具体的にそういう人を書いたというのではもちろんない、そんなふうに、ひとつひとつの行動や感情がつながらない、矛盾をはらんだものとして、「人」を書く。人はその矛盾を自覚しない。行動を自覚しないときすらある。嘘などつくつもりはなかったのに、気づけば、取り返しのつかない嘘をついていたりする。右にいったらいけないとわかっているのに、左を選ばず右の道を進んだりする。なぜ、自分がそのようにしているか、わからないまま。

そしてそれは、私や、あなただ。

会話の巧みさというものを、山田太一さんの作品を読むたび思うが、この巧みさは、山田太一さんが脚本家だからというばかりではなく、「私や、あなた」である「人」を、生身《なまみ》のまま書こうとしているからではないかと思う。私たちの会話は、基本的に不完全で、いつも何か伝え損ねる。でも、言葉以上のものを伝えることもある。

　この小説でも、会話の「生《なま》」さに驚いてしまう。読みやめられない理由のひとつには、この会話の妙もあると思う。

　石田と瑠美がはじめてデートをするときに、喫茶店で二人の交わす会話のリアルさといったらない。まだ恋愛関係にはない男女の、緊張と興奮の入り交じった気分が、この会話からありありと伝わってくる。何もだいじなことは話していない。でも、このちょっとした笑いの爆発が、愛の言葉を交わすよりもずっと二人を近しくさせていることを、私たちは頭で理解するというより、体感する。

　羽柴のアパートでの、石田との会話も絶妙である。淡々と進む短い言葉のやりとりで、羽柴という男の見栄と、惨めさとを私たちは見、そこに耐えられなくなって石田がつい出過ぎたことを言うのをはらはらしながら聞く。

　この途中、だれかがアパートの住人を訪ねてくるところが、短く描かれる。このだれかに向かって羽柴が怒鳴る。本当になんでもないちょっとした場面なのだが、私はここで、羽柴という男と、彼の暮らすわびしいアパートの部屋と、彼と石田の、どうしてもわかり合えない不協和音を、はっきりと見、感じる。

　私が圧倒されたのは、はじめて撮影所で化粧をし衣装を着けたときの、結髪《けっぱつ》の女性の一言である。瑠美を見て、「凄いな」と思わず言った石田に答えるように、「ね、凄い。若くて綺麗って、ほんと凄い」。彼女は瑠美に見惚《みと》れるような声で言う。この、本当になんでもない一言で、いや、なんでもない一言だからこそ、私たちは中西瑠美を見るのである。うつくしいということは、たしかに力である。そんな力を無自覚に持ってしまっている少女を、この目で見る。

生身の人の発する、血の通った言葉は、こんなふうに、光景を立ち上がらせて、見せ、感じさせ、理解させ、納得させる。

そうして終盤、突然事件は起きる。どうしてこんなことになったのか。郷里に帰る前に一度遊びたかったと羽柴は説明するが、でも、彼の言葉はどんどん信用できなくなってくる。この男の持つ底知れぬ暗さに私たちはもうとうに気づいている。どの言葉も嘘に思える。だから事件の真相は、本当にはわからない。でも、その「わからなさ」が、腑《ふ》に落ちる。わからなさの真ん中に私たちは立って、ああ、迷宮の奥に入ってしまったなと思うのである。あんなによく見知った、シンプルなところにいたはずなのに、気づけばひとり、迷宮の奥、見たこともないところに、取り残されてしまった、と。

しかし、この小説がすごいのは、その迷宮の奥からさらに、奥へと道が続いていることである。

最終章では、三十三年後が描かれている。二十二歳だった石田は五十六歳になり、五十歳になった瑠美から電話をもらう。そして二人は、大磯に住むという、七十歳を過ぎた羽柴に会いにいく。

そこで私たちは、三十三年前に起きたあれこれよりも、さらに不可思議な事態を目撃することになる。不可思議な事態のなかでの、以前よりさらに噛み合わなくなった彼らの会話を聞きながら、なんと人というのは頼りない存在なのかと私は思う。その頼りなさに、あわい恐怖も覚え、どうじに、いとおしさも覚える。年齢を重ね、たしかだった過去がどんどんとかたちを変えていく。その人は、その人の覚えたいことを覚えたいように記憶している。けれどそれで、なんの支障もなく、そのたよりない過去の上に立って私たちはまた、不完全な言葉を交わす。

昭和三十年代の、撮影所。まだ若かった助監督と出会い、下手な役者と出会い、すさまじいほど美しい少女と出会った私たちは、なんとはるか遠くまで連れてこられたことだろうと読み終えて思う。

現実にだれかと出会い、そこに何かしらかかわりが生じるたびに、私たちはこの先何度でも、そんな思いを味わわされる。そのことを、この小説は実感させる。

（「小学館文庫」解説　2013・4）

もんのすごくかわいい

佐野洋子『コッコロから』（講談社文庫）

あなたがもし自分の容姿が好きで好きでたまらないという奇特な女子であったとしても、もしくは、自分の容姿のどこかしらに不満を持っているふつうの女子であったとしても、この小説を読んで、きっとこう思うはずだ。

亜子ちゃんになりたい！

正直言いますが、私は現在三十六歳だけど、そう思いましたよ。亜子ちゃんになって、も一回十代からやりなおしてみたいものだと、真摯に願ってしまった。

最初は亜子ちゃんに共感するのだ。恋人のいない、美という言葉から遠いらしい、こけし顔の苦難する亜子ちゃんに、「そうよね、そうなよねえ」と幾度もうなずき、「あーよかった、こういう人が私の他にもいて」と安堵する。

が、なんだか亜子ちゃんと私はずいぶんちがうぞ、と気づいてくる。

まず、亜子ちゃんのおかあさんがおかしい。おとうさんもおかしい。この家族、なんかおかしい、おおらかというか、のびのびというか、正直というか、亜子ちゃんの言葉を借りればたがいに「骨まで愛しちゃってる」人たちなのだ。どんな冗談も悪口も揶揄《やゆ》も、愛の上にはなんてことない、かわいい戯《ざ》れ言《ごと》になってしまう。たがいに骨まで愛し合っちゃってる人たちが「おかしい」というのも変な話なんだけれど、しかしたしかに、ストレートでありながら嘘っぽさがまるでなく、開けっぴろげなのに投げやりなところが全然ない、この自然すぎるくらい自然な家族愛は、珍重に値すると私は思う。

深く根を下ろした、揺るぎない愛。それに全身、指の先までくるまれて育った亜子ちゃんの、なんとまっすぐなことか。亜子ちゃんのそのまっすぐさ、ピュアさはこけし顔ににじみ出ている。彼女の顔は「何か人を心安らかに、無警戒にしてしまう」し、「人を全然不安にさせない」、「敵意をソウ失させる」……ジョン・ローン・マサノリはそれを総称して「もんのすごくかわいい」と、言う。

私はかつて、東南アジアのとある島に滞在したことがあるのだが、この島にはやたらに野良犬が多かった。この野良たちはみな、島の住民と旅行者に溺愛されて生きている。野放しに甘やかされているのではなく、きちんと愛されて人と共存している。意味もなくぶたれたり、蹴られたり、追い払われたりしたことがない。それで、この野良たち、人を威嚇《いかく》したり、疑ったり、おそれたり、警戒したり、まったくしない。本当にもう、もんのすごくかわいいのだ。

犬と並列したら亜子ちゃんはかなり怒るだろうが、しかし、愛され肯定されて育ったものは人間だろうと犬だろうとおんなじだ。まっすぐで、ピュアで、もんのすごくかわいいのだ。向きあった人の心を解きほぐし、警戒を溶かせ、じんわりとしあわせを感じさせてしまうのだ。

亜子ちゃんはどうやら、もんのすごくかわいいブスらしい、と知るあたりで、「ああ、安堵して損した、（ただのブスである）私とはちがうんだわ」と気づくのだが、しかし読者は、というか私は、もうすっかり亜子ちゃんに魅了されていて、気づく本を閉じることができない。亜子ちゃんの言動を逐一《ちくいち》追ってしまう。

家族の愛、友達の愛、それらについては学ばずともエキスパートである亜子ちゃんだが、恋愛だけは知らない。幼なじみのケンとも、美術学校でのコッコロからの男友達とも、ラブは芽生えない。そんな「正しい娘」である亜子ちゃんが、ゆっくり、ゆっくり、恋とはなんぞやと、理解していく。恋の展開するこのマイペースぶりは、心身ともに猛スピードで恋をする現代の娘たちにしたら驚異的だろう。

雑誌を開けばかならず恋愛特集が目につく昨今、恋愛をしていないと人以下みたいに思えてくることが、ままある。何年も恋人がいないと「私はどこかおかしいのかしら」と不安になるし、いつまでも処女のままでいると「早くみんなと同じ体験をしなければ」と焦る。こうすれば異性に好かれる、こうすれば恋をつかまえられる、異性もしくは同性に好かれるファッションはこうで、髪型はこう。雑誌もテレビもみな恋のマニュアルを提供し、さっさと恋愛しなさいとたきつける。恋愛しないと人以下だから、こちらはあわててマニュアルを暗記し、消化し、実践する。

恥をしのんで告白すれば、私が亜子ちゃんくらいの年齢のころ、交際経験がやっぱりなくて、しかしいざというときのため、デートにおけるOKとNGを雑誌で読みふけり、ほとんど暗記していた。今でも覚えているのは、「初デートはドリアの法則」である。男の子とレストランにいったとき、パスタやステーキやピザや寿司や、そういったものはことごとく食べにくい（うつくしく食べるのはむずかしい）。そんななかで、ドリアは非常にデート向きのメニュウである。汁も飛ばずナイフとフォークを優雅に使う必要もなく、糸引くチーズの処理だけに気を配れば、だれでもそれなりにうつくしく食べることができる。というもの。

女系家族で育ち、幼いころから女子ばかりの学校に通っていた私は、男子と食事なんてしたことがなく、それは恐怖ですらあったのだが、ドリア説を読んだときは心底救われた気がし、男子と食事の際はドリア、ドリア、ドリア……と、取り憑かれたように思っていた(めでたく初デートの際、実際私はメニュウにドリアを捜した。かなしいことにその店にドリアはなかったのだが)。

しかし亜子ちゃんにマニュアルはない。女友達をはじめとする、周囲の恋愛話はあくまでも「彼らのもの」であって「私のもの」ではないと、亜子ちゃんは知っている。そして「私のもの」でない気分や感情やペースを、彼女は徹底的に信じない。「コッコロから」生じたものでなければ、彼女を動かす原動力にはなり得ないのだ。ドリアなんて、「コッコロから」食べたくなきゃ絶対に食べないのである。追記すれば、幼なじみのケンと、恋の可能性を多少は含んだマサノリと、はじめてともに食事をする際に亜子ちゃんが食べたものは「イタリアンサラダとイカすみのスパゲッティ、ティラミスとコーヒー」。イカすみですよ、イカすみ。ドリアに取り憑かれた十代の私に、亜子ちゃんの爪の垢《あか》をせんじて飲ませたい。

とにかく、ドリアも異性に好かれるファッションもまったく関係なく、キスは何回目のデート、その先を許していいのは何カ月後云々《うんぬん》も関係なく、亜子ちゃんは超マイペースな恋をするわけだが、その相手がこれまたたいへんな男である。

顔はジョン・ローン似、東大法学部、実家は世田谷区の赤堤《あかつつみ》にあり、しかもそれはおヤシキ、車はカマロ、ベンツもあり、ドイツ語と英語とフランス語が堪能で、暖炉のある別荘まである。出会いかたは珍妙だったけれど、このジョン・ローン・マサノリがどうやら性格もよく、亜子ちゃんに心底惚れてしまう条《くだ》りまで読みすすみ、「亜子ちゃん、なんかずるいんじゃないか」と暗い目をしてつぶやいてしまうのは私だけだろうか。

しかし、作者の意図は、ふつうにブスな（もしくは人並みな、平均以上な）私たちのジェラシーをあおることでは、もちろんない。この作者を私が畏敬してしまうのは、こういうところだ。

容姿、学歴、家柄、頭脳、所有物、すばらしいものをてんこ盛りにして、それをじっくり見せることで、サワノマサノリという男の子が、なんにも持たない丸裸の、無力な人間であることを、佐野洋子氏は描き出すのである。ジョン・ローン・マサノリが持っているもの、すべて、この小説のなかで、あるいは亜子ちゃんの恋の顚末《てんまつ》のなかで、まったく、小気味いいほど意味を持っていない。

亜子ちゃんは、私たちとまったく同じに、マサノリの外見や所有物に、「ひええ」と驚くし、「身分違いは不縁のもと」なんて母の言葉に同意する。でも、マサノリ本人にはまるで動じていない。恋愛があばたをえくぼに見せる、ということはよくある。

恋するあまり、相手が実際以上の大きさに見えてしまう。けれど作者が書いているのはその反対、恋愛がよけいなものをいっさい省いて、等身大のその人を見せてしまう、ということなのである。

佐野洋子という作家は愛の人だと、私は以前からずっと思っている。この作品でも描かれているのは、愛だ。友愛であり家族愛であり恋愛である。何をも手本にしない、マニュアルもない、あるのはただ「コッコロから」自然に生じてくる何かとしての愛。どっしり根をはった愛にかかれば、ブランドもドリアも、平均値も一般も、比較もコンプレックスも、どうってことのない玉砂利みたいなものなのだ。

この小説には、そういう意味で愛のバランスに欠けた女性が二名登場する。ケンの彼女、めぐみさんと、ジョン・ローン・マサノリの元彼女である。めぐみさんなんかはとくに、何このむかつく女、と私も思ってしまうわけだが、しかし、愛に満ちたこの小説のなかで、どうにも浮いてしまう彼女たちを、どうやら私は嫌いになれない。マサノリのうつくしい元彼女は傾いたやじろべえみたいだし、めぐみさんは穴あきバケツみたいである。ずっと傾いて疲れるだろうやじろべえの中心を正してやるのも、水を注いでも満タンになることのないバケツの穴をふさいでやるのも、だれかの根のはった愛しかないんじゃないか……そう思うと、彼女たちを嫌いになるどころか、自分自身のなかにめぐみさんや元彼女を発見してしまったりもするのである。愛されているとは日々実感することよりも、愛されていないのではないかと不安になることのほうが、ごく一般的だし、なじみ深い感情ではあるわけだから。

さて、ラスト、亜子ちゃんが飛躍的に成長していることに読者である私たちは気づく。そんな彼女の姿は、私たちの「亜子ちゃんになりたい」というかつての思いを、「私も亜子ちゃんになれる！」という確信に変えてくれる。

私たちはいつか、ブランドを剝いでいって、うんちくに耳をふさいで、先入観を全部とっぱらって、自分の目で、鼻で、指で、舌で、それだけで何かを選んだり捨てたりしなくてはいけないときがくる。「コッコロから」の声にじっと耳を澄ませなくてはならないときが。そしてラストでの亜子ちゃんのたのもしい姿は、それはだれにとってもそうむずかしいことじゃないんだと、ある力強さでもって教えてくれる。自分自身を肯定さえすれば、それはとてもたやすいことらしいと、私たちは学びとる。

最後に。この小説に登場する、ファッションや食べものにぜひご注目を。ノーブランドの服、うんちく抜きの非高級料理、しかも出版時期に照らし合わせれば、みな十年ほど前の描写なわけだが、古くささ、時代の野暮ったさがまったくないことは、驚きに値する。描かれるファッションは個性的で、とんでもなくキュートである。食事描写もさらりと描かれているのに、おいしそう！という印象が妙に頭に残ってしまう。きっと作者は、食と衣を、本当に愛しているんだろう。「コッコロから」の愛はときの流れにも頓着しないのだと、これは亜子ちゃんでなく、このすてきな小説を通して私は作者から学んだ。

## 新装版文庫にむけた追加解説

その創作活動において、佐野洋子さんは器用な人だと最近思うようになった。前はそんなふうには思わなかった。どちらかというと、不器用という形容詞が似合うように思っていた。

絵が描けて、絵本が描けて、エッセイが書けて、小説が書ける。こんな人は滅多にいない。私がなんとなく不器用だと思っていたのは、そのどれもが、佐野洋子さんという人、そのまんまに思えたからだ。絵本を描いてもそれは佐野洋子であり、絵でもそれは佐野洋子である。どうしようもなく、佐野洋子その人である。だから、面識がなくとも、一冊の絵本を読んだだけで、あるいはエッセイを一編読んだだけで、私たちは佐野洋子という人がどんな人か、知ってしまう。

今回、この『コッコロから』を改めてカバーを変えて文庫化するにあたって読みかえしてみて、私は思った。いや、この作家が不器用なんてとんでもない、ものすごく器用な人だ。だって、佐野洋子そのものに、これほどの入り口を持っていたのだもの。どの入り口から入っても、私たちは拒否されることなく、直《じか》に触れることを許される。佐野洋子その人に。

この小説は、佐野洋子作品にはめずらしい、亜子ちゃんという若い女の子が主人公の小説だ。でもその亜子ちゃんも、やっぱり佐野洋子そのものだし、亜子ちゃんの母親も父親も、それから幼なじみケンの母親も、佐野洋子そのものに、私には思える。正直で、まっすぐで、ユーモラスで、チャーミングで、そして真っ裸。その精神が、たましいが、何も隠さず何も覆わず、堂々と真っ裸。登場人物たちだけではない、小説自体も、佐野洋子そのものだ。
六、七年前、私が佐野洋子ファンだということを知っている新聞記者が、ご本人に会わせてくれた。その日から数度、佐野洋子さんのお宅に遊びにいかせていただいた。あまりにファンすぎて、私は毎度かちんこちんに緊張し、ちゃんとした話などできなかったのだが、佐野さんは、私の緊張をほぐそうとおもしろいことを連発して言ってくれ、とりとめもないことを話してくれた。緊張しつつも私は驚いていた。だって佐野洋子さんその人が、絵本で読んだ、エッセイで読んだ、小説で読んだ、私がずっと知っていた、佐野洋子の精神、たましい、そのものだったから。書かれたものと本人が、こんなにも肉薄している人を私は見たことがない。ほぼ初対面の、緊張で口もきけない女が相手であっても、この人は真っ裸で向き合うのだなと私は畏敬の念を深く抱いた。

私がはじめて触れた佐野洋子作品は、『100万回生きたねこ』である。その数年後に、雑誌のエッセイ。エッセイを読んだときは、びっくりした。あの絵本の人が、こんなに痛快なエッセイを書いているなんてと思った。そうしていよいよ彼女のファンになって、この『コッコロから』も最初読んだときは「えっ」と思った。こういう世界も書くのかと驚いたのだ。自身と母親の関係を書いた『シズコさん』も、やっぱり意外でびっくりした。

そう、どの作品も佐野洋子その人なのだが、みな、意外に思うほど、違う。みな違うのに、しかし読み終えると、ああ佐野洋子作品を読んだ、と思う。彼女の自由で強くてキュートで裸の精神に触れた、と思うのである。

扉のかたちも位置も、扉の向こうの光景もみな違う。私たちはその扉を、その年齢にふさわしいときに開いてなかに入り、そうして奥に突き進んで、知る。この場所、知っている。佐野洋子の作品を読むということは、そういうことだ。読めば読むほど、幾度でもそのおなじ場所にたどり着く。たどり着くその場所に、愛がある。そのために私たちが生きているものがある。それが、裸ん坊の佐野洋子という作家に触れることでもあると、大げさでもなんでもなく、私は思っている。ご本人はいない。でも、いつでも会える。会うための扉がこんなにもある。

この『コッコロから』という作品が、だれか、まだ佐野洋子に出会っていない人への、ひとつの扉になるといいなとおこがましくも願っている。

（「講談社文庫」解説　2003・4／新装版　2011・4）

# 3

# 意地の悪い本？

江國香織／絵・荒井良二『ぼくの小鳥ちゃん』（新潮文庫）

夏の日にひっこしをした。あたらしい家で、大騒ぎして本棚の位置をきめて、本のつまった段ボールを次々と開け、でてくる本をジャンル分けしながら本棚におさめていく。友達に借りっぱなしですでにかえす気のない本や、読んでいることをひた隠しにしたい本は奥にしまいこむ、という、いやらしい作業をしたのち、さらにのこった本を分類する。すなわち、怪奇系ノンフィクションだの、九〇年代的（あくまでも的）米小説だの、口語体系詩だのと、わかりやすく分類・収納するわけだが、ふと手にとった一冊『ぼくの小鳥ちゃん』は、どこに、どのように分類すべきか、こまってしまった。

迷った私は、そういうときのつねとして、ひっこし作業を中止し、この一冊をしみじみ読むことにした。

数年前、年齢でいえば私が三十歳になるかならないかのころ、はじめてこのものがたりを読んで、ぎょっとしたのを覚えている。それ以来、『ぼくの小鳥ちゃん』は意地の悪い本として本棚におさまり、あんまり手にとったことがなかった。

意地の悪い本、と、数年前の私が思ったのにはわけがある。

そのわけを説明する前に、私はこのものがたりを読んだすべての女の人（男の人でもいいが、それではちょっと趣旨がかわってしまう）に、質問をしたい。

このものがたりのなかで、あなたは一番だれが好き？

読んでいて気づいたらだれになりきっている？

あなたはだれにもっとも近しいと思う？

あなたがもっともあこがれるのはだれ？

もっともっと、いろいろなこと。

質問形態は無数にあるが、しかし答えの対象となる登場人物は、とてもすくない。「ぼく」と、そのガールフレンド、そして小鳥ちゃん。もうすこし枠をひろげてみても、ガールフレンドのおかあさん、アパートの上に住む初老の夫婦、それくらい。そしてもちろん、ガールフレンドのおかあさんみたいな人になりたい、とか、老夫婦に感情移入して泣いてしまった、などという答えを私は全然期待していない。つまり、「ぼく」と、ガールフレンドと、小鳥ちゃん。この三人のうち、あなたはだれが好きでだれになりたくて、現実はだれに近いのか、そしてもっともっといろいろなこと、と、質問したいのである。いや、端的に言ってしまえば、小鳥ちゃんと、ガールフレンド。その二者択一でも、質問の本質はまったくかわらない。

それというのも、幾度読んでも、ここに描かれた、「ぼく」とガールフレンドが暮らす日々と、「ぼく」と小鳥ちゃんの日々はけっしてまじわらないような印象を受けるからだ。二人と一羽はそれぞれの存在を認めているのに、不思議と、このものがたりに世界はつねにふたつある。だから、件《くだん》のような質問が出てきてしまうのだ。下世話とわかりつつ。

もうおわかりですね。はじめてこのものがたりを読んだ私は、ガールフレンドの心持ちになったわけである。それで、「小鳥ちゃん」という存在に驚愕し、その存在を平然と、というよりむしろ積極的にみずからの場所にみとめる「ぼく」に唖然とした。はやい話、むかついたのである。ガールフレンドより無力でちいさくて、かつ、わがままで生意気な小鳥ちゃんに、嫉妬したのである。私という人がいるのに！　そんな子を家にあげたりして！　と、よく耳にしたり口にしたりするせりふを、心のうちでさけんだのち、私の嫉妬心を微妙に刺激する意地悪な本だと決めつけて、近づかなかったのである。

しかしひっこしの日、段ボールの砦《とりで》のなかで、このちいさな物語を読んで私はさらにとまどってしまった。あれからたった数年しかたっていないのに、ものがたりはまるきりちがう様相を見せている。

記憶のなかで、小鳥ちゃんはとんでもなくわがままで、生意気で、こどもっぽいわりに妙なお色気がある、はずだったんだけれど、今、ものがたりのなかにいる小鳥ちゃんは孤独で、どこかかなしい。「ちっぽけなうしろ姿」はほんとうにかなしい。

わがままさと生意気さは健在だが、それは女の子の特徴として述べる場合、プラスにこそなれマイナスにはならないじゃないか、どうしてそのことに気づかなかったんだ？　それどころか、わがままでも生意気でもない女の子なんて、まったく味気ない、とすら、今の私は思う。

それに、どうして私は小鳥ちゃんを無力でちいさいなんて思ったりしたんだろう？　二人と一羽のうち、自分で何もかもを選べるのは、小鳥ちゃんだけであるのに。

どこからきたのか、どこへいくのか、目指す場所はどこなのか、待っている人はだれなのか、いっさいが不明、あるいは、そんなものを何ひとつ持たない小鳥ちゃんは、そのちいさな羽で、どこへでもいけるし、いかなくてもいいし、だれのもとにも飛んでいける。とんでもなく自由で、解放的だが、そのことの、さびしさや孤独や、心許《こころもと》なさにも気づかないわけにはいかない。

私はかわいらしくも、魅力的にわがままでもないけれど、小鳥ちゃんに奇妙な共感をいだいてしまう。その、さびしさと心許なさと、同時にあじわう自由さと解放感を、知っている気がしてしまうのだ。嫉妬心はもはや刺激されない。私はきっと、以前と違う日々の側面にいるのかもしれない。数年前には知らなかったことを今は知っているのかもしれない。これはそのように、読み手のとても近くに寄り添うものがたりなのだ。

川にかかる橋の上で、小鳥ちゃんと「ぼく」が「いくつかの個人的な話」をするところが私はとても好きで、そこには恋に似た気配が濃厚にただよっている。つまり、自分が何からも切り離されて、家族ももたず家ももたず、どこへでもいけるほど何ももたないただのひとりとして、同じくどこともつながっていない、ちっぽけなもうひとりである相手と、しんと向き合っている感じ。そうしながら、自分がかつてもっていた(はずの)何かについて、真偽など関係なくひそやかに言葉を交わす感じ。

しかしそれを恋と呼んでいいのかわからない。このものがたりは恋を描いたものではけっしてない。その奥にある、もっとつよいかたまりの気持ちを、変換させる言葉がないから恋という鋳型《いがた》に押しこめて、恋に似た、と表現するしかない。

ここに流れている感情もまた、分類できるしろものではないのである。

それから景色。ものがたりが進行している、この場所はいったいどこだろう？　見知った場所――たとえばすぐ隣の町とか、こどものころに育った町とか――であるような気もするし、うんと遠い、知らないけれど写真で見たことくらいはある、異国の町みたいでもある。いくつもの童話が存在するような架空の町にも思えて、いや、これは去年私が旅したあの国と何もかもそっくりだ、という気持ちになったりもする。

個性のつよいイラストレーションはときとして、読み手の想像力を限定してしまいがちなんだけれど、不思議と、この本の中のそれらは、限定などしないばかりか、解き放って攪拌《かくはん》する。「ぼく」とガールフレンドがお昼ごはんを食べる公園や食堂、小鳥ちゃんがしずかに祈る教会、スケートリンクや「ぼく」の部屋、言葉を読みつつあるイメージがかたまりそうになると、あかるい色のイラストレーションが、ふとそれをくずす。そして、型にはまったイメージとかけ離れた光景を提供する。それにしたがって光景やイメージを組み立てなおしていくのはとても心地よい作業である。かくして、思いもよらない町や部屋が、頭のなかにぽかりと浮かんでいる。

かように曖昧な場所なのに、数ページ読みすすんだ私たちは、たちまち、「ぼく」と小鳥ちゃんの暮らすこの町の空気を吸い、においに慣れ、寒さや、あたたかさをじかに感じることができる。そればかりか、スケートリンクや博物館、川にかかる橋やおいしい食べものを出す食堂まで、どこにあるか知っているような気になっている。

この町の夜。この町の休日。この町に降る、雪の感じと灰色の空。ページをめくって言葉を追ううち、ものがたりの町は私たちそれぞれの内に、立体的に、奥行きと目印とをもって、立ちあがり構成される。そうして、その町に、ぽつりぽつりとあかりが灯《とも》るみたいに生活が見えてくる。

パンを食べて髪をとかして、仕事にいってお昼ごはんを食べて、ちょっとしたことで諍《いさか》いをして、休日には遊びにいって好きな人とキスをして、眠る。ガールフレンドがくりかえす日々、「ぼく」が小鳥ちゃんとくりかえす日々、なんでもないことのつみかさねなのに、それはいつのまにか、華奢《きやしや》なガラス細工みたいに思えてくる。こわれやすそうで、かと思ったら案外頑丈で、うつくしくて、用はなさないのに手放すことのできない、そんないとしいものに。

ひっこし途中の夏の日、段ボールの真ん中で、だらだら汗をかきながら、私はいつの間にか雪を見ていた。私がすでに知っている町に降る、しずかな雪。そこには、「ぼく」の「くつがた」と小鳥ちゃんのちいさな足跡がずっと続き、遠く食堂のあたたかいあかりが灯り、何かたのしげな音楽が聞こえてくる。

いつまでもそれにうっとりしてもいられないので、私は立ち上がり、ここで私のくりかえす日々も、きっと「ぼく」と小鳥ちゃんのそれと同様にいとしいものであるはずだと、そんな気になって、意気揚々と本を本棚に押しこむ作業の続きをはじめる。人も、まして気持ちも、分類などせずに、そのまま解き放ったほうがときとして心地いい、といさぎよく告げているこのものがたりを、わきによけておく。一番最後、そこだけ空けておいた、手近な位置にそっとしのびこませるために。もちろんそれは、本棚だけの話ではない。

（「新潮文庫」解説　2001・12）

## 人と人がつくる「迷路」

江國香織『金米糖の降るところ』(小学館文庫)
山田太一『読んでいない絵本』(小学館文庫)

夫と関係が悪いわけではなく別居している佐和子と、十和子という日本名を持つミカエラは姉妹である。佐和子は東京郊外で、ミカエラは姉妹が生まれ育ったアルゼンチンで、ひとり娘アジェレンと暮らしている。江國香織さんの『金米糖の降るところ』はその姉妹を中心にして紡《つむ》がれる。一見シンプルに見える人間関係は、非常に入り組んでいる。この小説を読み進むということは、その入り組んだ不可思議な迷路に入っていくことだ。

たとえば。若き日の佐和子とミカエラという姉妹が、ボーイフレンドを共有していたその理由を、理解はできても共感することはないだろう。はたまた現在、母親の上司と、まだ大学生のアジェレンの恋愛も、わかりそうでわからず、佐和子と夫の達哉、突然あらわれたかつての恋人・田渕、それぞれの関係も不可解だ。運命とか、縁といった言葉を、私たちが恋愛においてよく使うのは、それがとんでもなく不可解だからだろう。私たちはなんとかして理解したいのだ。迷路を、俯瞰《ふかん》したいのだ。

この小説が、描き出す情景の美しさとは裏腹に、ほんの少し不気味なのは、その不可解や迷路を、登場人物たちがひどく軽やかに、当然のこととして、引き受けているからだ。私がもっともわからないのは、佐和子と田渕の関係であるが、佐和子のなかではそれは不可解でも迷路でもなく、整然と言葉で説明できることである。読み手である私たち自身だって、きっとそうなのだろう。なぜその人と恋愛をしているのか、なぜそのような恋愛をしているのか、なぜそれは終わるのか、私たちはわかっているつもりでいる。ほかの選択肢などなかったように思っている。そのことに気づかされて、そこに不気味さを覚えるのである。

さて、読み手は、迷路のなかにぽつんと置いていかれる。アルゼンチンの陽射しと色合いとともに。心細い酩酊感を覚えつつ、ああ、小説を堪能した、と思う。

一貫して人間を描いてきた山田太一さんの『読んでいない絵本』も、やはり巨大な迷路である。シナリオ、小説、掌編がおさめられている。どの作品も奇妙でありつつ圧倒的なリアリティがある。そして毎回、ねじくれた迷路にひとり立たされているような気持ちになる。その迷路は関係や恋愛ではなく、人、そのものである。その迷路を進み、あるところに出れば光が満ちている。あるところに出れば絶望的な気持ちになる。あるところに出れば善なるものに出合い一歩手前を曲がれば悪に出合う。そのぜんぶが人である。私たちはみな、善も悪も正も不正も矛盾することなく、この内に抱えている。

奇妙な物語もたくさんある。それでも登場する奇妙な人たちの、その心情につい、寄り添ってしまう。まったくわかりようのないだろうその人たちが、じつは自分であるような気がする。私もまた、迷路なのである。

（「サンデー毎日」2011・12・11）

# 世界は自由で広い

川上弘美『天頂より少し下って』（小学館文庫）
岩瀬成子／絵・網中いづる『だれにもいえない』（毎日新聞社）

「一実《かずみ》ちゃんのこと」の一実ちゃんは悩めるクローン少女で、「ユモレスク」のハナは、恋人のいる男の子につきまとう。「エイコちゃんのしっぽ」に登場するエイコちゃんには、本当に短いしっぽがあり、語り手のまどかはたまにそれをさわらせてもらう。川上弘美氏『天頂より少し下って』に収録された短編小説の話である。あいかわらず、この作者は自由だなあ、と思う。この作者の小説を読むたび、小説とかあるいは世界とかが、自分が想像していたより広いことに私は気づく。実際の海を見て、思っていたより大きなことに驚くように。

恋、とか、友情、とか、あるいは家族愛、とか、そうしたくっきりした言葉におさまるような何ごとも、この短編集には書かれていない。しっぽのあるエイコちゃんはまどかの危機を救うが、二人は親友というわけでもない。五歳のときに会ったはとこの治樹《はるき》と、暎子は、ずっとともに歳を重ねているが、未だ恋愛関係にあるわけではない。言葉にはならない感情、感覚、関係が、どの短編にも描かれていて、そうだ、言葉が先にあるわけじゃないと、新鮮な気持ちで思う。得体の知れない気持ちや、どうにも奇妙な関係があってはじめて、私たちはそれに当てはまる言葉をさがす。恋、だの、母子、だの。

しかしながら私たちは未だどの言葉にも当てはまらない気持ちや関係を広大に抱えていて、作者はそれらをうまい具合にすくってみせる。私がこの人の著作を読んで感じる自由さや広さは、つまるところ、そこなのだと思う。言葉にしていないだけで、私とはこんなにもいろいろあふれているものなのかと、気づかされるところ。表題作のラストで、まさに、頭のなかよりもっともっと広い海を前に、口をぽかんと開け立ち尽くす気分を味わえた。

その、言葉にならないあれこれを、はじめて実感する少女の物語が岩瀬成子《じょうこ》氏『だれにもいえない』。

母と、叔母と三人で暮らす小学四年生の千春は、同級生の点くんに恋をする。その不可思議な気分を、千春はだれにも言うことができない。彼女はクラスのみんなが以前と変わらないのを見てとって、「わたしだけが変になってしまった」と思う。

恋でも、あるいは裏切りでも許容でもいいんだけれど、何かを知る、ということは、それ以前に戻れない、ということだ。それを知らなかったときには、もう戻れない。恋を知ってしまった千春の、戸惑いや安堵やちいさなよろこびは、それ以前のものとはまったく違う、あらたなもので、そうしたひとつひとつを経て人はゆっくり大人になっていく。網中いづる氏のやわらかくてやさしい、芯の強い絵が、千春がいる「今」をありありと浮かび上がらせる。教室のにおいやざわめきや、陽射し、水みたいな感情の揺れが、自分の記憶のようによみがえる。

『天頂より少し下って』に登場する母、真琴《まこと》の言葉を借りれば、「笑うしかないくらい、厄介なことごと」に、私たちはこんなふうに足を踏み入れていくんだなあ、と千春を見て、思う。その先は厄介だと思っていても、もう戻れない。けれどそれは、そうかなしいことでもないと私はすでに知っている。

（「サンデー毎日」2011・7・17）

# 生きていくのに必要なもの

よしもとばなな『どんぐり姉妹』（新潮文庫）

周囲の状況や環境がどのようであろうとも、人がまっとうに生きていくのに必要なものとは何か。ここ最近のよしもとばなな作品を読んでいると、そんなことを考える。新作『どんぐり姉妹』でも然り。

両親を事故で失ったどん子・ぐり子の姉妹が、親戚にひきとられて成長し、自立して二人で暮らしながら、インターネットを介した人生相談をはじめる。といっても具体的なアドバイスをするわけではない。二人が書くのは、雑感のような詩のような「たわいない」言葉の連なりだ。

今の世のなかがどんなふうであるか、たとえばコンピュータや携帯電話の普及は私たちから何を奪い何を与えたか、不景気とはいえやっぱりゆたかな世のなかにそれでも足りないものは何か、どんどん足りなくなっているものは何か、そのことで私たちが損ない続けているものは何か。これらは小説には一言も書かれていない。けれどこの小説が突きつけてくるのは、そういうことだ。

どんぐり姉妹が美しいものを見、のんきな会話をし、きれいな気持ちになればなるほど、私は、彼女たちが慎重に排している、必死に踏みつぶしている、ダッシュで逃げている、現実的な、悪意や憎しみや妬《ねた》みや恨みといった負の側面を思う。それらにつかまらないために、彼女たちがどれほど力を尽くしているかと、考えてしまう。その力をゆるめれば、ただちに彼女たちは流されるだろう。悪意や憎しみをたっぷりと含む現実に流されてのみこまれて、それらを無意識のうちに吸いこんでは吐き出すだろう。今を生きる、「命を支える」ということは、かくも厳しい闘いであると、私はこのほほんとした姉妹に教えられる。

また、この二人の、それこそのほほんとした会話の奥底に、私は底が見えないほど深く、暗い穴を見る。希望も笑いも、この世のきらきらしたものすべてを吸いこんでしまうブラックホールのような穴。絶望よりももっと救いのないもの。その存在を、彼女たちはいやというほど知っていて、だから懸命に、そこから目をそらしている。子どものようにふざけて、馬鹿馬鹿しいことを馬鹿馬鹿しく言い合って、笑っている。もしかしたらそれしか、逃れる方法はない。

一貫して平易な言葉で語られるこの小説が、不気味に澄んでいて、どこかおそろしいのは、だからだ。作者も姉妹も、いや小説そのものが、その深く暗い穴の存在を知りつつ、決して見ないようにしている。見ればぜったいに引き寄せられるから。そして読み手である私も、言葉では一言も触れられてもいないその穴を、なぜか、ありありと見せられるからだ。

その穴と同様に、この小説が言葉で書かずに私たちに見せるのは、私たちの暮らすこの国の、今現在が持つ、過剰と欠落でもある。他人より先にいかなくては。勝たなくては。表現しなくては。生き生きと充実しなくては。何歳になっても恋をしていなくては。悪いものや人はとっちめなくては。明日は今日よりいい日でなくては。自分だけの幸福を求めていたはずが、周囲のペースに巻き込まれて最大公約数的な幸福を求め、手に入らなくて苛々し、必死で他を見下そうとしている、私たちの生きる今の風潮が、この小説から見えてくる。あなたのいきたい場所はほんとうにそこ？　ほしいものはほんとうにそれ？　そう問われているような気すら、してくる。

先に書いた、澄んだおそろしさ、透明なこわさは、小説が進むにつれてじわじわと深くなる。私たちの命を支えるたわいないこと、ちいさな美しいできごとは、人との出会いと交わした時間は、つねに過去に過去に流され、失われていく。この不思議な姉妹も、もしや、その過去のなかにいるのでは、と思えてくる。死の気配というものがひたひたと迫ってくる。

けれどラストで、そのおそろしさ、不気味さは、ある種の爽快感にすっと変換される。すべてが過去へと流されていくことを承知しながら、それでも全力でへらへらと、姉妹も小説も、逃げ切ったからである。ブラックホールのような穴から、負のパワーから、「今」の過剰と欠落から、死の気配から。そしてまだここに立ちどまったままでいる私に向かって、いっしょに逃げようと、手をさしのべてくれるからだ。

（「波」2010・12）

# 開放された彼女の庭

森絵都『アーモンド入りチョコレートのワルツ』（角川文庫）

「アーモンド入りチョコレートのワルツ」をはじめて読んだのは、七、八年前、私が三十歳になったころだった。読みはじめてすぐに思った。どうして私が中学生のときに、この作家に会えなかったのか！　と。よく考えてみれば、作者の森絵都さんは私より年下で、私が中学生だったときは中学生か、もしかすると小学生だったのだから、私のその願望はむろん、タイムスリップして過去に戻ったとしても叶えられるはずはない。

もちろん三十歳の私にも、この一冊は魅惑的な本だった。主人公たちはみな、中学生である。大人が思い出す中学生とか、「こうあってほしい」中学生とかではなくて、ごくふつうに、十代初期を生きる男の子であり女の子である。読みながら即座に私はその気分を思い出すことができるし、そのときの目線で世界を見ることができる。けれど、この三つの小説の魅力は、そんなところにあるのではない。

十四年か十五年か、それくらいの時間を生きる彼らは、三十年かそれよりもっとか、とにかく彼らより倍の時間を生きている私に、何か非常にたいせつなことを思い出させてくれるのである。私が今、知りたかったことを教えてくれるのである。もちろんそれは、こう生きるべしというような教訓ではないし、かっこいい大人像という理想でもない。もっとさりげなくて、もっとなんでもないもの。

「ふしぎな大人たちとのワルツ・タイムは、わたしをどこかべつの世界へ、べつの次元へと導いてくれた。学校の教室で大声をあげてはしゃぎあう、クラスメイトたちとの楽しみとはまったくべつものの何か、何か濃厚なときめきがそこにはあった。」

（「アーモンド入りチョコレートのワルツ」より）

このかんじを、たしかに私は知っている。「つくりはじめの蚕《かいこ》の繭《まゆ》みたいに、うっすらとやわらかく、ふわふわした白い光」を、ものすごく深いところで知っている。それはノスタルジーではないし、過ぎ去った記憶ともちがう。今、それは私の内にあるものだ。三編の小説が、小説のなかで十代を生きる彼や彼女が教えてくれるのは、そういうことだ。

けれど作者は、その「濃厚なときめき」が終わることも、クールなほどのいさぎよさで書いている。

「ぼく」が、いとこたちとともに別荘で過ごす「子供は眠る」、中学卒業を控えた不眠症の「ぼく」が、嘘つきの女の子と関わることになった「彼女のアリア」、いっぷう変わったピアノ教師のもとにクラスメイトと通う「わたし」が過ごした時間を描く「アーモンド入りチョコレートのワルツ」。十三歳から十五歳までの彼・彼女は、変化のただなかにある。「ふわふわした白い光」を手に入れたかと思うと、次の瞬間、時間がそれを奪っていく。子どもの気分を残したままの彼らのまわりで、世界は急速に変化していく。中学生にとって、その変化は待ち遠しくもある一方で、何より残酷に思われる。

世界は急速に変化する。別荘に集まる「ぼく」は、年上の章くんより泳ぐのが速くなり、不眠症の「ぼく」は眠れるようになり中学校を卒業し、ピアノ教室の濃密な時間は「わたし」がどんなに抵抗しても、ゆっくりと終わりを告げる——。

作者はその残酷な変化を書いているのに、しかしなんとも不思議なことに、読み手の心に残るのは頑丈な不変である。変化を書くことで作者は不変ということを私たちに気づかせる。

中学生ではない私が、中学生の物語を読んで、「ああ、あったそういうこと」という感想ではなく、「そうそう、そうなんだ」と、すとんと共感できるのは、だからじゃないかと思う。書かれているのは変化ではなく不変だから。不変のものは年を経ても等しく私の内にあるから。

やさしさ、という言葉にたいして、私はたいへん懐疑的だった。なんというか、とらえどころのない、淡い何かで、それはときとして、弱さや、卑怯《ひきょう》さや、無責任さにつながると思っていた。やさしさという言葉が持っている感触は、ごつごつしたかたいものではなくて、さわさわと手触りのいいやわらかいもののはずで、そこのところも気にくわなかった。だから、何に対しても、やさしいという表現を避けてきたのだけれど、じつは、森絵都さんの小説を読んでから、その考え方が一八〇度変わった。

森さんの書く小説はかぎりなくやさしい。やさしいのに、さわさわと手触りがいいわけではないのだ。きれいごとを慎重に排しているせいで、どちらかというと、ごつごつしている。いわば骨太のやさしさ。そうしてそこには、私がかつて抱いていた弱さ、卑怯さ、無責任さは微塵もない。やさしさというのはものすごく力強い何かだと、森さんの小説はたしかに思わせる。それは作者の覚悟なんじゃないかと私は思う。

森さんの小説のやさしさというのは、肯定だと私は思っている。あるがままのものを肯定する。それはたとえば、「彼女のアリア」のラストである。ここで主人公の「ぼく」は、なぜ彼女が嘘ばかりついていたのかを暴《あば》かない。彼が、家庭の事情のその後を彼女にひとつひとつ質問していくとき、何度読んでも、私はおんおんと泣いてしまう。

これはまぎれもない肯定だ。それが自分を守ってくれるから受け入れるのではない、美しいから認めるのではない、醜くても意味がなくとも、自分に利点なんかなんにもなくても、それがそこにすでにある、だから腕を広げて受け入れる。森さんの小説を貫いているのは、この肯定ではないかしらと、私はいつも思う。そこにあるものを肯定するのは、否定するよりずっとむずかしい。だって、いいものばかりでは決してないから。

美しいものやことで満たされているわけではないこの世界を、小説という手法で切り取るとき、ぜったいに肯定してやる。そのままのかたちを受け入れてやる。作者はそう覚悟をきめているのではないか。その能動的な覚悟は、私には大いなる謀反《むほん》のようにも思えたりする。かなしいことも残酷なこともときに野放しにされる世界への、せいいっぱいの抵抗と謀反。森さんの小説が骨太にやさしいのは、彼女の世界に対する目線が、ひどく厳しいからだと私は思う。

ひょっとしたら森さんはうれしくないかもしれないけれど、私にとっての森さんは、「アーモンド入りチョコレートのワルツ」の、絹子先生そのものだ。突拍子がなくて、愉快で、この上なく魅力的。何にもとらわれず自由で、人と自分を楽しませる方法を深いところで知っている。

そうして絹子先生が、ピアノ教室をサロンのように開放しているように、森さんは、描くことで切り取った世界を、私たち読み手に開放してくれている。絹子先生のもとに集まる子どもたちは、自分の好きなことをして許される。歌いたければ歌えばよく、踊りたければ踊ればいい。もし遠くそこを離れてしまったとしても、絹子先生は家じゅうの明かりをつけて、あたたかい紅茶を入れて、好きなときに帰れる場所を用意してくれている。それはまさに森さんの小説であるような気がする。どんなふうに読んだっていい、ただ楽しんでくれればいい、作者が肯定した世界の庭で、私たちは自由にふるまうことを許されている。夢のような時間を過ごすことを許されている。

絹子先生のサロンと森さんの小説と、たったひとつちがうところがあるとするなら、絹子先生の夢の時間は変化に抗《あらが》えないが、森さんの小説は変化などものともしない、ということである。

だから、私は中学生の時分に、森絵都という作家に会えなかったことを悔やむ必要はないのだ。二十歳だろうと、三十歳だろうと、はたまたもっと年上であろうと、この作家に出会った瞬間、私は開放された彼女の庭に入っていくことができるのだし、そこにひろがる世界というのは、絶対的に不変なのだから。

（「角川文庫」解説　2005・6）

# 私たちに寄り添う物語

森絵都『この女』（筑摩書房／文春文庫）
山田太一『空也上人がいた』（朝日文庫）

森絵都氏の三年ぶりの新刊『この女』の出だしを読んで、つい巻末の発行日を確認してしまった。プロローグとなる書簡に、「震災」という言葉が出てくるからだ。震災という言葉で今年（二〇一一年）三月の大地震を思い浮かべた私は、この小説がいったいいつ書かれたのかと驚いたのだ。しかし当然ながら、ここで書かれている「震災」は、十六年前の阪神・淡路大震災である。

大阪の、ドヤ街と呼ばれる西成区の釜ヶ崎地区で、三畳一間の簡易宿に住む甲坂礼司は、知り合いの大学生に乞われて、奇妙なアルバイトをすることになる。ある女を主人公に、小説を書いてほしいというのがそのアルバイト内容である。依頼主はホテルチェーンのオーナー、その女というのは彼の妻である。引き受けた礼司は、その妻、結子に近づき親しくなるも、いっこうに結子の正体は知れず、本音は巧妙に隠される。

しかしじょじょに結子の背景がわかるにつれて、礼司のまわりも物騒になる。府知事が政界の裏ボスと手を組んで、釜ヶ崎を一大カジノ街にする構想をたてていることを、礼司はひょんなことから知る。そんなことになれば釜ヶ崎に住む労働者たちが路頭に迷うことになる……。

もしこの小説を、三月十一日より前に読んでいたら、ストーリーの巧みさと痛快さばかり感じたかもしれない。今読むと、もっとべつの意味が物語の奥からにじみ出てくるようだ。私たちは大いなる何かに押し流され翻弄され、重大な何ごとかは私たち生活者のあずかり知らぬところで決定される。時代に抗《あらが》うすべはない。失ったものは戻らない。過去を変えることはできない。それならどうすればいいのかと、小説は示《し》唆《さ》しない。示唆しないことで、私たちに寄り添う。押し流され翻弄され、混乱し途方に暮れる私たちに。ラストの、ちっとも絵にならない定食屋で結子がつぶやく言葉に、いったいどれほどの人が力をもらうだろう。十六年前の震災を挟んで語られるこの物語は、今だからこそ届けられた小説に思えてならない。

山田太一氏の『空也上人がいた』は、特養ホームをやめた二十七歳の青年と、彼を雇う八十一歳の老人、彼の元に通う四十代半ばの女性ケアマネージャーという三人が登場する。それぞれがひとりで抱えるには重い過去を持っている。それらの過去が静かにひもとかれ、そして、死を前にした老人は最後の恋をする。善も悪も含めて

「人」を肯定してきた作者らしい、やさしい温度を持つ小説である。この小説にかんしてのエッセイで、作者は「むき出しの現実が力を露わにしたらひとたまりもない」と書いている。その現実に「そっぽを向いて」幻想を抱くことで私たちは生きていける、と。

小説に登場する空也上人の姿と同様、この小説自体が、むき出しの現実のなかで格闘する私たちの肩を叩き、そっぽを向けさせ、そして、いっしょに歩いてくれる。『この女』同様、今だからこそ格別に心に響く小説である。

（「サンデー毎日」2011・6・19）

## 固定概念から解き放たれるとき

三浦しをん『木暮荘物語』（祥伝社文庫）
佐野洋子『そうはいかない』（小学館文庫）

小田急線世田谷代田駅から徒歩五分。住宅街に建つ古びた二階建て木造アパート、木暮荘と、その周辺の人々を描いた三浦しをんさんの小説『木暮荘物語』。学生時代からずっとそこに住んでいる二十代の花屋店員。階下をのぞくのが趣味の、若い男。のぞかれていることを承知で暮らしている女子大学生。みんな、妙である。「ふつうなんてない」というような、一般的な意味合いでなくて、はっきりとへんである。何かが過剰か、欠落している。そういう人たちを、あえて著者は書いている。

この短編連作小説にはどれも性というものが通底している。大家の老人はセックスがしたいと、燃えさかるように、たぎるように思う。若い男は階下の女子大生の性交をじっと見つめている。彼らの欠落しすぎていたり過剰すぎていたりする性と生を読むうちに、ふと、関係という固定概念から解き放たれるときがある。このアパートの住人とその周辺の人たちは、固定概念をゆっくりと壊しにかかってくるのだ。性交を介さない恋愛は恋愛ではないのか。好きという気持ちは恋愛に分類しなければならないのか。母親とは、子を産み育てる人のことだけを指すのか。

小説は、大仰な言葉をいっさい使わずに、ふと大きな疑問を投げかけてくる。次の世代を作る、いのちを入れ替えていく、連綿と続いてきたことは、生殖することでしか成り立たないのか。もっとささやかなこと、ちいさなこと、すれ違うようなことが、私たちを生かし、また次のいのちへと続いていくのではないか。はっきりとへんな人たちを描くことで、著者はその、すれ違うような、見落とされてしまうような何かを、大きく強く肯定している。

『そうはいかない』は、二〇一〇年十一月に亡くなった佐野洋子さんの遺作。三十三作の掌編小説が収録されている。この作家の場合、何を書いても「佐野洋子」になる。小説だが、登場人物より作者自身の存在感のほうが大きいのである。帯に「物語エッセイ」とあるが、そう書きたくなる気持ちもわかる。自身（あるいは自身の言葉）を語っているという意味合いで、これは佐野洋子独特のあの小気味いいエッセイとなんら変わりはない。固定概念と既成の価値観につねにくってかかり、ものごとや人のありようの上っ面を魔法のようにはがしてみせ、悪態をつき、毒舌を隠さず、ベロを出しながら、とんでもなくチャーミング、そして色っぽさとは異なる女性の性が挿画とともに見え隠れする。作者亡きあとも作者の声が聞けることに心から感謝する。

佐野洋子の著作物に、二十年以上いろんなことを教わってきた。虎の衣も猫の衣も借りず自分自身の大きさで生きる。そのことを恥じない。そして自分の言葉と頭で、世のなかと、常識と、偽物と、自身と、対峙する。教わったことは生きていくのに大事なことばかり。本人そのもののような作家の言葉を読みかえすことで、いつでも私たちは佐野洋子に会える。

（「サンデー毎日」2011・1・23）

## 言葉の海を渡る舟

三浦しをん『舟を編む』(光文社文庫)
夏石鈴子『新解さんの読み方』(角川文庫)

文楽、林業、社史編纂室と、三浦しをんという作家はよくよく不思議な設定で小説を書くなあと、以前から思っていた。不思議というのは、興味のある人はいるだろうけれど、そんなに多いとは思えない、ある種の地味な世界、という意味合い。エッセイならまだわかるが、小説なのだ。

新刊『舟を編む』が辞書作りの話であると知ったときは、「ううむ、今度はそうきたか」とうなってしまった。またしても、ある種地味な世界だ。辞書を読むのが好きな人もいるにはいるが、私はてんで興味がなかった。日常的に使うのに何か思うことすら、なかった。あまりにも興味がないものだから、果たして最後まで読めるかと心配で本を開いたのだが、なんと数ページでもう、のめりこんでしまった。

会社人生を辞書に捧げてきた荒木は、定年間近、自分の後継者を見つける。変人と噂される馬締《まじめ》光也。彼が辞書編集部に異動して、辞書『大渡海』の編纂が続行される。

馬締とほかの個性あふれる社員たちとのやりとりに笑い、馬締の不器用な恋ににやにやしつつ、言葉について考えさせられ、辞書というものがどのように作られるのか、はじめて知る。なんて地味なんだろうと思っていた辞書作りが、何か、目の離せないスポーツ競技のようにも思えてくるのである。そして企画から出版までに、なんと十三年もの月日が費やされる。

「辞書は、言葉の海を渡る舟だ」という言葉がくり返し出てくる。その意味が、読み進むに従って深みを増し重みを帯びてくる。言葉はひとつでも、人によって解釈が異なる。それを完全にすりあわせて会話し、わかり合うことは不可能だ。しかしだから言葉は不要だと言ってしまえば、そこで終わってしまう。私たちは「もっともふさわしい言葉で、正確に、思いをだれかに届け」ようと、し続けてきたのだし、これからもし続けていかねばならない。

なんとうつくしい世界に触れただろうかと思わずにはいられない小説だった。

辞書といえば夏石鈴子さんに『新解さんの読み方』という著作があったなと思いだし、未読だったので読んでみた。『新明解国語辞典』がどれほど個性を持った辞書であるかを、作者がじつにていねいに教えてくれる。この特殊な辞書への、作者の強い愛がそこここから伝わってくる。

しかも、おもしろいだけではない。笑いながら、言葉の持つ深みにふっと気づかされることも多い。たとえば作者は第二版、第三版と買い続け、そして気づく。「辞書のなかの言葉が動いている！」。時代の流れによって言葉の持つ意味が変わったり、使われなくなった言葉があったり、新たに登場する言葉があったりする。言葉もまた、私たちとともに日々生きているのだ。さらに、この個性はげしい新解さんは、他者からの批判なども（しぶしぶ）受け入れて譲歩しているのだなあ、というところもわかって愉快。『舟を編む』の場面を幾度も重ねて読んでしまった。

辞書のおもしろさを知らずに過ごしてきたことが、じつに悔やまれる。

（「サンデー毎日」2011・11・13）

# どんどんねじくれる場所

井上荒野『もう切るわ』（光文社文庫）

どこで見たのか覚えていないけれど、やけにくっきりとした光景が、なんの脈絡もなく、すっと頭に浮かぶことがある。これはどこの景色だっけ、旅先だっけ、それともずっと昔の隣近所だっけ、と、記憶のなかをさぐることがある。

井上荒野さんの小説は、ある光景を、読み手の実際の記憶にさりげなくまぎれこませ、そんなぐあいに、あるときふっと思い出させたりする。

この魅力的なタイトルの小説を、私は発売されてすぐ読んだ。小説にはさまざまな場所が出てくる。地中海のみやげものを売る雑貨屋、ミルフィーユがおいしいケーキ屋、沖縄グラスを置く喫茶店、ホスピスの庭、かっぱ橋商店街。これらの光景は、長く私の頭のなかにこびりついていた。ときどき、ふっと頭をよぎる。あれ、あのお店はどこだっけ、と思う。けれどなかなか思い出せない。

今回、三年ぶりに読み返してみて、あっと思った。あっ、ここだったのか。なんだ、私が歩いた実在の場所じゃなかったのか。小説に出てくる架空の場所だったのか。けれど本当に自分で見た記憶のような覚えかたを、私はしていた。店の色合いや、そこに流れる空気やにおい、何より、それぞれの場所から見える空の角度を知っている。私の記憶のなかで、ガラス窓の向こうや頭上にあるその空は、たいてい曇っているか雨が降っているかで、数少ない晴天のときは、すがすがしいというよりも、さみしいくらい透き通った青い空である。

読み返したときさらに驚いたのは、しかしこの小説のなかで、作者は、その場所の色もにおいも、まして空の角度や色なんて、一言も書いていない、ということだった。井上荒野さんのほとんどの小説がそうだと思うのだけれど、この作家は場所の緻密な描写をしない。正確に言えば、言葉を用いてその場所を書きこむことをしない。

たとえば先に挙げた、ミルフィーユの店。愛人とともにテーブルに座る、語り手のひとりである梢子《しょうこ》が、ミルフィーユを買いにきた夫を見てしまうこの店が、新しいのか古いのか、味はいいが趣味が悪いのかそれとも気取りすましたモダンな店なのか、店内のテーブルは何席あって色は何色なのか、レジわきにはきれいに包装されたクッキーなんかが置いてあるのかへんなマスコットが置いてあるのか、書かれた言葉から、読み手は知ることができない。けれど、たぶん、実在しないこの店を、家の近所のパン屋のように読み手ははっきり見てしまう。もちろん読み手によって店の構造は違うだろう。白木の店を思い浮かべる人もいれば、メルヘン調の店と決めつける人もいるだろうが、しかしその店は読み手各々が思い浮かべた「そこ」でなくてはならない。そんなふうに、この作家は「見せて」しまうのである。

それはなぜなんだろう、と考えて、思い至ったことがある。この作家は、読み手の目を、ときとして登場人物とだぶらせる。私たちは、小説のなかのだれかの目を借りて、その場を見る。それは共感のようで共感ではない、と私は思っている。共感ではなく、もっと否応なしに強い力だと。

この小説には、木暮歳《とし》というひとりの男を中心に、二人の女性が登場する。西口という愛人のいる木暮の妻、梢子。木暮の愛人である若い女性、葉《よう》。愛人、というありきたりな言葉が馬鹿馬鹿しくなるくらい、この人たちは入り組んでいる。いや、あるいはシンプルなのかもしれないが、常識的には入り組んでいる。

木暮歳という男は、下品な言い方をすればこましである。以前にも、職場の女の子とつきあって妊娠させたことがある。それが公《おおやけ》になって以来、会社勤めをせず占いを生業《なりわい》としている。しかし梢子は梢子で、仕事先である出版社の男と交際している。木暮との離婚を考えはじめたさなかに、木暮の病気が発覚する。梢子は、西口に夫の病気のことを言わない。言えばいいのに、言わない。じっとひとりで、夫の恋人の気配を察し、夫の死の気配を感じ、そうして日々を送っている。

葉という恋人も、やはりひとりだ。じっとひとりで、恋人からの連絡を待つ。もう死んだのか、死なないのか、わからない日々を送る。

木暮が病にかかってから、彼らを取り巻く世界の空気はぴんとはりつめる。割れる寸前の風船の内部みたいだ。だれも割ろうとしない。その不安定な、ぴりぴりと尖った空気を、まるで愛おしむかのようにだれもがじっと動かない。死だけがゆっくり木暮に向かって歩いていく。

私には、梢子の気持ちも葉の気持ちもわからない。風船を割らない気持ちも、またしぼませない気持ちも、手放さない気持ちもわからない。まったく、井上荒野さんの小説を読むと、私はいったい本当に人を好きになったことがあるのか否か不安になる。しかし、ときおりふたりの女を襲うどうしようもない痛みだけは現実味を持ってわかる。それで少し安心する。梢子の気持ちも葉の気持ちもわからないにしても、どうやら私は本気で人を好きになったことがあるらしいと理解できる。たぶん、そこなのだ。本当にだれかを好きになったことのある読者は、たとえどちらの女性に共感を覚えなかったとしても、彼女たちの痛みにいつのまにか寄り添っていて、それで、彼女たちの目で世界を見てしまう。あとはもう割れるしかないくらい、ぱんぱんに膨張した空気に満ちた世界を。

ぴりぴりと緊張した空気のなかにあるのは、特殊な世界ではない。ごくごくふつうの、喫茶店でありケーキ屋であり、住宅街であり緑の葉を茂らせた木々である。しかしそれらは、彼女たちの目に、つまり読み手の目に、どこかゆがんで映る。迷子になったときに似ている。

見知ったはずの町で、たった一本違う道に入ってしまったがために、迷うということがある。迷った、と理解した瞬間、光景は少しだけ様相を異にする。夜ならばなおさらである。木々は不気味に黒く見える。遠くの明かりはいっこうに近づかないように見える。もの音のしない家が揺るぎなく巨大に見える。もとの道に戻ろうと、走る。光景はどんどんねじくれる。この小説のなかで彼女たちが見ているのはそういう景色だし、読み手が連れていかれるのもそうした場所である。

小説に、梢子が、流産した夫の恋人と、病院で顔を合わせたときの回想場面がある。作家が書くのは、病院の白い床や薬のにおいでも、夫の恋人の顔かたちでもない、そのとき看護婦が髪にとめていたビーズのヘアピンである。もし読み手が、恋人や夫に浮気をされたことのない幸福な女性だとしても、梢子とともにそのヘアピンに焦点を合わせてしまったら、あるいはヘアピンをじっと見ている梢子を見てしまったら、もう彼女たちの世界に連れていかれている。あとはうろうろと、彼女たちとともに迷うしかない。

私が、書かれてもいない景色を記憶のように覚えてしまったのはこのためだと思う。どちらの女性にも共感できないのに、彼女たちとともに、平常とは微妙に異なる場所に足を踏み入れてしまったためだ、と。

そうしてちょっとこわいと思うのは、得体の知れない場所に足を踏み入れた登場人物を、作者は元の場所に戻すところである。

どこまでも膨張する風船はない。また、膨らみきった風船を空に舞いあげるような、生やさしいこともこの作家はしない。風船はきちんと破裂させる。この小説では、木暮の死が針の役目になる。

風船破裂ののちも、世界は依然として残っている。そこまで書くところが、こわいのだ。生きている人間に、日々は続いていく。梢子には梢子の日々があり、葉には葉の日々がある。夫の死の間際にほかの男を愛したという現実はそこにあり続けるし、妻のいる恋人が死んだかどうかわからないという現実があり続ける。まったく見ず知らずの場所に思えた道は、見知った通りに続いている。さんざん迷ったあとでようやく出られたその通りは、しかし、今までのようにはもう見えない。

読み手もそうだ。彼女たちとともに迷い、本を閉じて現実に戻る。食事の支度や恋人との待ち合わせや、ゴミの分別や混んだ通勤電車に戻る。けれど、小説のなかでうろうろとさまよう女たちの見た景色は、ぺたりと心に貼りついている。たよりない、何かその奥底に隠しているような、不穏な景色。

決してハッピーエンドとは言いがたいこの小説の読後、私は不可思議な安堵を覚える。不穏さを隠し持つ、ある種複雑怪奇なこの世界に、親しみと愛しさを感じている。それはたぶん、作者の誠実でタフな姿勢のためではないかと思う。愛情というものの表面だけを決して描かない誠実さ、その裏側をも含めて肯定しようとするタフさ。そのおかげで、読み手は安心してこの小説内を迷い、うろつくことができる。

井上荒野という作家が書く世界に常識はない。もちろんそれは作品が非常識だということではない。この人の書く世界に、常識は通用しないのだ。常識だと私たちが思いこんでいることどもを、この作家はことごとく壊しにかかる。そうして私たちは知るのである。生きていくことや、だれかを愛することは、いつだって常識の外にあるのだという真実を。

（「光文社文庫」解説　2004・10）

## それもまた愛だった

井上荒野『ズームーデイズ』（小学館文庫）

『ズームーデイズ』は、二〇〇四年から〇五年、『きらら』という雑誌で連載されていた。このころ、私は『きらら』が届くたび、ポストからマンションの部屋まで待つのももどかしく、エレベーターのなかで封を切って『ズームーデイズ』を読みはじめ、読みながらマンションの外廊下を歩き、読みながら玄関の戸を開け、読みながらリビングルームに向かい、そのまま読みふけった。毎月だ。この小説は、そのくらい魅力的だった。幾度読み返しても魅力的である。

主人公は、何もしていない三十代の女性「アームー」。小説家を父に持ち、自身も小説家として仕事ははじめていたが、だんだん小説の依頼は少なくなり、今やほとんど何もしていない。作者の井上荒野さん自身、小説家井上光晴氏の娘であり、二十代のうちにデビューしたものの、「十年ほど書かない時期があった」とインタビューで答えているのだから、この主人公はもしかして作者の姿ではないか、という下世話な想像も、本書はあたたかく許してくれる。しかしこの本のすさまじい魅力は、そんなところにはない。作者と主人公が同じであろうがなかろうが、これが作者の自伝的小説であろうがなかろうが、読みはじめてすぐに、どうでもよくなる。

この小説は、アームーが、八歳年下の、風変わりな男の子ズームーといっしょに暮らすところからはじまる。とはいえ彼女には、彼に出会うよりもっと前から恋している男性、カシキがいる。ズームーと暮らしながら、カシキからの呼び出しがあれば、彼女はそそくさと出かけていく。しかもズームーが仕事にいっている日中、彼女はただひたすら、カシキからの連絡を待って時間をやり過ごしている。

本書を読む人は例外なく、このアームーという主人公に向かって、「ああもう、なんて馬鹿なの！」と叫びたくなるだろう。たとえば彼女が、カシキから厚かましい二者択一を迫られ、だれの目にも間違ったほうを選んでしまうとき。たとえば彼女が、水泳や美顔に取り憑《つ》かれたようにのめりこんでいくとき。たとえば彼女が、夜にタクシーをぶっ飛ばしてカシキに会いにいき、こともあろうにズームーとの別離宣言をするとき。ああもう、この人、正真正銘の馬鹿だ！と、拳を握りしめて思うだろう。

自分の内にもアームー的部分があることを自覚している人は（つまり自己コントロールのまるできかない恋愛をしたことのある人は）、「ああもう馬鹿」と思いつつも、イタタタ、とリアルな痛みを覚えるだろうし、自覚していない人は（自己コントロールのきく恋愛ばかりしてきた人は）、「ああもう馬鹿」と言いながら、彼女の痛快なほどの滑稽さをただ、笑うだろう。

作者はひどく冷静かつ軽快に、アームーの愚かさを描き出す。カシキという男に好きなようにふりまわされる愚かさ、ズームーという存在に救いを求め責任転嫁を試みる愚かさ。

しかしこの小説は、ひとりの女性の愚かしさを描いた小説ではないし、自己コントロールのきかない恋愛を描いたものでもない、と私は思う。これは一見恋愛小説のようだけれど、そうではない、とすら思うのだ。

アームー的部分が自身の内にあることを、いやというほど自覚している私は、イタタタと眉間にしわを寄せつつ、ときにへなへなと笑いつつ、アームーを叱咤《しった》しつつ、いらいらはらはらしつつ読み、そして途中で、すっとこわくなった。だだっ広く何もない場所に、ひとり置いていかれたような、そんな途方もないこわさだった。

無為というものについて、この小説から突きつけられたような気がしたのである。何も作り出さないこと、決して前へ進まないこと、その場にうずくまること、目を閉じること。そのような状態に、私たちはどのくらい留まることができるのか。アームーーは、起死回生をはかって書いた小説を「あまりにも虚無的」という理由で、掲載を断られる。たしかに彼女は虚無のなかに、無為のなかにいる。具体的な数字で言うならば、七年ものあいだ。

　まず彼女はほとんど仕事をしていない。日がな一日料理のことを考えたり、電話を待ったりして時間が過ぎる。そしてカシキとの恋愛に翻弄されているようであるが、彼女自身、それが「恋愛」なのかどうかわからないことを自覚している。そして読み手は、どうもこれは恋愛ではないんじゃないかと薄々思いはじめる。ではなんなのか、と言われても、あてはまる言葉を思い浮かべられない。恋とか愛とか、名づけようのないもののなかにアームーはいる。さらに、ズームーとの関係もまた、恋愛とは異なる何かだとアームーは理解している。その関係にも名づけようがない。友情でもなく、家族愛とも違う、何かもっと奇妙でややこしくて、でもシンプルなもの。だれもまだ、それに名前をつけていない関係。

　つまりアームーは、しっかりと名前を持った何をも、持っていないのである。愛も恋も、仕事も肩書きも、希望や絶望といったものさえ。

　人間は、名づけられていないものを異様におそれる生きものだと私は思っている。台風に、もし台風と名がついていなかったら、その得体の知れない強風と暴雨に、私たちはパニックを起こすだろう。「これは台風であり、今は台風がきている」と思ってようやく納得するのだ。

自分自身に対してもおんなじで、特定の人のことばかり考えるようになれば「ああ、これは恋だ」と私たちは納得し、安心する。自分の名前に安心し、肩書きに安心する。それがもし本当の恋でなくとも、あるいは仮の肩書きであろうとも、その「名」もしくは「分類」に、私たちは自分の気持ちなり立場なりを無理矢理押しこめる。そうしないと、生きているのがこわくなるから。

アームーは実際に、自分自身になんとか名や分類を与えようとする。カシキの「愛人」になろうと思い立ったり、ズームーと「仲良しだよね」と言い合ったりする。ズームーと引っ越しをくりかえすのも、水泳や美顔に走るのも、やっぱり分類わけの行為だろう。私にはやることがあるのだ、という、自身と世界に向けての意思表明。

ところが、そのどれも、分類にはおさまってくれない。もしかしてアームーが、もう少し鈍い人だったならば、それらが分類からことごとくこぼれ落ちていくことに知らんふりできただろう。でも、彼女はちゃんと理解してしまうのである。何ひとつ分類におさまってくれないことを。自身と世界に向けての意思表示が、ことごとく失敗に終わることを。

私がこわくなったのは、アームーに自分自身を照射させたからである。私は、確固としたものを持っているつもりで生きている。たとえば恋人がいれば恋をしていると思っている。仕事をしていれば、忙しいと思っている。しょっちゅう会う友だちとは、仲がいいと思っている。でも、本当にそうなんだろうか、と不安になり、その不安が淡い恐怖へと転じたのである。

もちろん私たちのだれもが、アームーとまったく同じではない。でもアームーを包む無為の、ただひとつでも、私たちには関係ないと言うことができるのだろうか。私たちが、これは自分の確固とした持ちものだと、ただ思いこんでいるだけなのではないか。

たとえば恋や愛である。私は自分のかつての恋愛を思い返し、あれはたしかに恋愛だったと思うが、この小説を読んだあとでは、わからなくなってしまう。たとえばの話、自分には今恋人がいて、交際五年目だったとする。双方、自分たちは恋愛関係で結ばれていると思っているとする。でも、本当にそうなのか。そこにあるのは、本当に「恋愛」なのか。さらにたとえばの話、自分は今、週二回ホットヨガの教室に通っていたとする。自分の性に合っているし、週二回通い続ける自分をかっこいいと思ったりもする。でもそれは、もしかしたら膨大な暇から目をそらしたくてそうしているだけなのではないか……。

そんなことを考えて、こわくなったのである。アームーとズームーが暮らした日々は、年数にして七年間。おそろしいことに、七年間も人は、恋愛とは異なる関係を結ぶことができるのだし、生活すらできてしまうのだ。

しかしここで、私はあまりにも当たり前のことに気づく。名や分類が最初にあるわけではない、と。言葉以前に行為や感情があって、それに私たちは見知った名前を持ってきてあてはめているだけなのだ。と、すると、たしかな恋愛も、たしかな趣味も、たしかな関係も、たしかな肩書きも、そもそも私たちはアームーと同じくらい、なんにも持っていないのかもしれない。大いなる無為のなかで私たちはだれしも生きているのかもしれない。そんなことを考えはじめると、なおのことこわくなる。

本書のなかで、小説家であるアームーの父の言葉が出てくる。「人はただ生きていてはいけない」、というのがそれである。人は何ものかにならなくてはならない、何かを成さなくてはならない、ということだろう。この言葉は、小説を読み進むにつれて私の内で次第に変化した。何ものかにならなくてはならない、何ごとか成さなければならない、そうではなく、日々の無為に、日常の虚無にのみこまれてはいけない、と聞こえはじめた。何か見つけろ、無為であることを忘れられる何かを、とにかく見つけろ。それはまさに、次第に無為に埋没していくアームーへの、父神様の必死のエールであり続けたように思うのである。同時に、もしかしたら意識しないまま、大いなる無為のなかにいる私たちに向けての。

終盤の九章、アームーは何ものでもないままで、一般的な言葉に分類されるものはまだ何ひとつ持たないままだが、私は彼女が、プールの底を蹴ったような気がした。ゆっくりゆっくり沈んで、そしてつま先がコンクリートの底に触れる。そして、蹴る。浮上するために。

読み終えて、私はアームーのようにしばし考える。彼女たちの七年は、いったいなんだったのだろう。ズームーにとってアームーとは何で、アームーにとってズームーとはいったい、なんだったのだろうと。くるおしく好きなわけではない、彼だけを見ているわけでもない、ときにかんたんに不用物になりさがりもする。ズームーはただ受け入れ、受け入れきれないときは逃げて、逃げられないときには思考を停止する。この関係は、いったいなんだったんだろう。そしてゆっくりと、ある結論に至るのである。アームーがとうに語っているとおり、それもまた愛だったと。恋愛という名にはおさまらない、言葉以前の何か。風変わりで、愛という分類からは少しばかりはみ出しているかもしれない。でも、そのはみ出した部分をも含めて、愛と呼ぶことは許されるのだろう。彼との時間があったからこそ、アームーはプールの底を蹴ることができたのだ。

絶妙な描き方で、ズームーをもアームーをも身近なだれかに感じさせてくれるこの小説のラストで、私は泣いた。ズームーとアームーの、そうしかできなかった日々を思って。かつて自分が過ごしてきた、馬鹿で必死で滑稽で、無為に気づかず逃げまどうようだった、いくつかの日々と、その日々をともに過ごしてくれた人を思って。

（「小学館文庫」解説　2008・11）

# 人と関わることの頑丈さともろさ

井上荒野『つやのよる』（新潮文庫）

七人の、ほとんど関わりのない場所で関わりなく暮らす人々が語る、それぞれの日常や関係のなかに、謎めいたひとりの女性、艶《つや》が浮かび上がる。ある人は、艶からストーカー行為を受けていたらしい男を愛している。ある人は、少女の艶を犯したかもしれない彼女の従兄弟《いとこ》の、妻である。この小説が非常に特異であるのは、艶その人が、語られれば語られるほど、見えなくなっていくことである。

たいていの小説では、読み進むにつれ、語られる対象人物がじょじょに姿をあらわしてくる。が、この小説はそうではない。そうではないところに、井上荒野という作家の凄みがあると思う。姿をあらわしてくるどころか、艶は、どんどん姿を消していくのである。当初からぼんやりとした影であったその「だれか」が、どんどん、薄く淡くなって、読み終えると、いったい、それはだれだったのか、いたのかどうなのかすら、わからなくなっている。

ただ、彼女の最期、夫の立ち会ったモルヒネ投与のシーンが、あまりにも恐ろしく不気味で、読後、それはつまり艶がいなくなったあと、という意味でもあるのだが、得体《えたい》の知れない何かで詰まった空白を引き受けてしまったような印象を受ける。そうしてそれは、身近なだれか、たとえば父や母といった身近な人を失ったときと、あまりにも似ていて、私はそのことにたじろいだ。どんなに近しい人でも、その人がいなくなってみれば、私はぽかんとするのだ。その人のことを、本当に自分が知っていたのかどうか、いつもわからなくなる。この小説の読後は、それと似ている。私たちは、どのようにも、艶と関わりを持てない。

この小説には、人と関わることの、頑丈さともろさが描かれている。その人と関わったことで私たちは思わぬ変化を余儀なくさせられることもあるが、でも、その変化は当人の必然ではなかったか。私たちは、だれにもどのようにも影響など与えられず、また受けることなどできず、ただ、自身を生きるしかないのではないか。そんなことを考えて、何か、ざわざわとこわくなってくる小説である。

（「日本経済新聞」2010・6・13）

## 愛や理想や希望というもの

桐野夏生『ポリティコン』（文春文庫）
松田哲夫編『中学生までに読んでおきたい日本文学5　家族の物語』（あすなろ書房）

大正時代、作家、羅我誠と友人、彫刻家の高浪素峰は東北の村にユートピアを作り、「唯腕村《いわんむら》」と名づける。「我、友を愛するために生き、土を愛するために生き、人のために生きる」というのが、唯腕村の理念で、入村者は私有財産を持たず、農業で暮らしを支えながら共生する。

今なお現存するその村が、桐野夏生氏の小説『ポリティコン』の舞台である。高浪素峰の二十七歳の孫、東一《といち》とその母、母の世代の老人ばかりが住む大正期の理想村に、母と離ればなれになった少女、マヤと、母のかつての恋人、脱北者女性、その息子とが家族を装い入村する。彼らの登場によりそれまで保たれていた村の規律や力関係が崩れはじめる。集団生活のなかに埋もれていた、欲望や憎しみや怒りや愛やさみしさや嫉妬、といった感情がじょじょに剝き出しになり、ぶつかり合う。

人が二人いれば社会ができる、と聞いたことがあるが、まさにこの小説には、あるひとつの社会の成り立ちが書かれている。理想の下に集いつつも、ほころびができ、そのほころびを理想で縫いつなごうとし、そうしているうちにちいさな社会は様相を変えていく。東一が継いだ理想村は、彼の暗い欲望を秘めつつ、醜悪に変形しながらも続いていく。そこで生まれ育った東一は、村から出ることを望みながらも、そこしか帰る場所がないことに安堵もしている。一方マヤは、親を失い、居場所を持てず、村から逃げて漂流者のようにさまよう。

集団の内で生きること、個として生きること、そのことの不自由と重みとを、東一、マヤの二人が体現している。そうして下巻ラストを読んだとき、異様なほどにたくましい人のありようを見た気がして、ある爽快を覚えた。

編集者である松田哲夫氏が編者となっている「中学生までに読んでおきたい日本文学」シリーズの、五巻目『家族の物語』を読みかえすと、夫婦、家族というものが、もっとちいさな単位の社会であるのだなと、あらためて思う。

向田邦子「かわうそ」を読んで、他者と年月をともにすることの不気味さを思い、遠藤周作「夫婦の一日」で、それでもやはりひとりでは生きていかれないのではないかと思う。川端康成「葬式の名人」で、たとえば家族の死はその最小の社会の終焉なのだろうかと考え、有島武郎「小さき者へ」で、いや、終焉ではなくそれは私たちの根っこに在り続け、そこからまたあらたな社会へと変容していくのではないかと思う。そしてその家族とは、血のつながりを指すのではないと、吉村昭「同居」、井伏鱒二「へんろう宿」でつくづく思う。

家族も、社会も、国というものも、変容しつつ消滅することは決してない。逃れても私たちはそこに含まれ続ける。そしていかように変容したとしても、それらの成り立ちの多くは、愛や理想や希望というもののはずなのだと、あらためて思い知る。

（「サンデー毎日」2011・9・18）

## 子どもの時間と大人の世界

### 湯本香樹実『春のオルガン』（新潮文庫）

『春のオルガン』は、小学校を卒業したばかりの女の子、桐木《きりき》トモミの見る夢からはじまる。夢のなかで彼女は怪獣になっている。馬鹿にされ、おそれられ、ものすごい雄叫《おたけ》びを上げる怪獣。

春休みというのは、学校に通う人たちを何ものでもなくする期間だ。一年生と二年生のあいだ。あるいは、小学生と中学生の、中学生と高校生のあいだ。小学校を卒業したときの春休み、バス賃をいくら払えばいいのか戸惑っていたことを思い出す。小学生は子ども料金だが、中学生は大人料金だったのだ。私はもう小学生ではないし、でもまだ中学生でもない、いったいどちらの料金を払えばいいのだろう。それはまさしく、春休みにしか感じ得ない、何ものでもない宙ぶらりんの感覚だった。

トモミは五人家族で暮らしている。納戸《なんど》の整理をし続ける祖父、めったに家に帰らない翻訳家の父、外で働いている母、本好きで博学の弟。この家には、それぞれの世界がそれぞれの時間をもって同時に存在している。祖父の世界、両親の、子どもたちの世界。そしてそれらは混じり合うことがない。この小説の、揺らがないリアリティは、まずそこにあると私は思う。自分のことを思い返してみれば、たしかに実家にいるときの私は子どもの時間、子どもの世界で生きており、両親が何を話しているのか、何を考えているのかも知らなかったし、彼らが私の世界に入りこんでくることもなかった。家、というひとつの空間のなかに、いくつもの世界が、少しずつ重なりながら、でも決して混じり合わず、同時に存在していた。

トモミは、小学校を卒業したその春休み、家のなかに存在する世界の、どこに属していいのか迷っているように見える。弟、テツといっしょに属していた子どもの世界からは、もう半分足が出ている。かといって、両親の世界はそこからはるかに遠い。祖母を失った祖父の世界もまた、理解できないほどに遠い。そこから抜け出すように(もしくは追い出されるように)片足を持ち上げたものの、着地点が見つからず、バランスの悪い姿勢のまま、途方に暮れているように見える。

猫の死骸をさがしていたテツとトモミは、近所の野良猫たちに餌をやるおばさんと知り合い、彼女といっしょに猫にごはんをあげるようになる。ところが日々はそんなに平和ではない。トモミは原因不明の頭痛に襲われ、時間がわからなくなるほど眠っては奇妙な夢を見続け、テツは塀の位置をめぐって桐木家とトラブルを起こす隣の老人を憎み、猫の死骸を隣家の庭に放置する。

トモミのこの頭痛と奇妙な夢は、まるで子どもから大人へと移行する段階の、脱皮の痛みのようである。トモミとテツは仲のいいきょうだいだが、自分たちのあいだに静かに境界線が引かれはじめていることをトモミは、言葉ではなく体で感じている。テツの、本で知識を得る世界、悪いものは悪いのだというシンプルな世界に、ひりつくほどの名残を覚えながら、トモミは、けっしてシンプルとは言い難い大人の世界への移行をはじめている。けれど頭痛や奇妙な夢の理由は、トモミのなかで確とした言葉にならない。ただもやもやした気分だけが続いている。

翻訳家の父親は、仕事場からめったに帰らず、帰ってくると母親が喧嘩をふっかける。

祖父は毎日のように納戸に入って時間を過ごしている。

アパート暮らしのおばさんは毎日自転車で野良猫たちに餌をやってまわっている。

隣家の老人は大声で妻を怒鳴りつけ、まちがった場所に建てた塀をずらすことを頑なに拒む。

トモミから見れば、みんな勝手に勝手なことをしている。それぞれの世界の内にとじこもり、そこから出てこない。みんな、トモミが子どもの領域から抜け出しかけていることに気づいていていない。変質者が胸をつかむくらい成長したことに、だれも気づいていない。

そして読み手である私は次第に思いはじめる。もしかしてトモミは、単に脱皮の痛みに戸惑っているだけなのではなく、ひどく重要な人生の危機にいるのではないだろうか。

生きていく時間のなかには、本人すら自覚しないような危機がいくつかあると私は思っている。それは「危機」なんて言葉が似合わないほど、さりげなく日常にまぎれている。けれど、その危機を乗り越えられなかった場合、その後の人生は一転する。危機につかまってしまったばかりに、その後、ずっと後ろをふりかえるようにしか生きられない場合だってある。光より闇をさがそうとする目を持ってしまうこともある。この少女は、もしや、そんな重大な危機に瀕しているのではないか。このままトモミを寝かせておいたら、奇妙な夢におぼれさせていたら、取り返しのつかないことになってしまうのではないか。

私の不安が次第に大きく膨らむころ、トモミは自らに荒療治を施す。まるで爆発するように家出をするのだ。家出先は、猫おばさんの餌づけによって野良猫のすみかと化したおんぼろバス。

　バスに泊まるトモミを、心配した祖父が訪ねてくる。いつも納戸を片づけている、トモミからすれば正体不明の祖父は、廃バスのなかでしずかに話をする。祖父の思い出話は、説教でもないし示唆でもない。しかし私はこの場面で、それぞれ混じり合わなかった世界が、トモミのなかでゆっくりと接点を持ちはじめたように感じる。接点を持って、トモミはそれぞれの世界を理解するのではない。それぞれの世界の接点を見て、トモミはわからないということを知るのである。トモミははじめてここで、他者を他者として認識する。みんな勝手に勝手なことをしているのではない、それぞれのどうしようもない理由があってそうせざるを得ないのだと、善から発した気持ちが善のまま作用するわけではないのだと、世のなかには決して理解のできない悪意も存在するのだと、トモミは頭ではなく、体で知ったように私には感じられる。大人になる、大人になって生きていくということは、そうしたものと共存していくことなのだと。

　そしてもうひとつ、トモミが折り合いをつけなくてはならないものがある。それは死である。ここにいたってトモミははじめて、祖母の死について言葉を発する。苦しむ祖母を見て、もう死んだほうがいいと思ったことをうち明ける。それはずっとトモミが言えなかった、胸の内に抱いていた、大きな苦しみである。そしてトモミの頭痛の、もしかしたらもっとも大きな原因である。

湯本香樹実《かずみ》さんは、デビュー作である『夏の庭—The Friends—』でも、『ポプラの秋』『西日の町』といった作品、また最新作の絵本『くまとやまねこ』でも、みなそれぞれ違う方法で、死を扱っている。それぞれにおいて「死」は違う様相をもって語られるが、共通しているのは、この作家がどの作品でも決して死を特別扱いしない、ということだ。読み手を泣かせるための道具立てとして死を扱うこともなければ、死を美化することもない。また、超えられないトラウマとして描くこともなければ、生を再確認させるための役割として描くこともない。この人の小説に登場する死は、まるで現実に私たちが出合う他者の死そのものだと、私はいつも思う。

近しい人が死んだとき、死というものをはじめて経験したとき、私たちは混乱する。それはまったく「意味がわからないもの」だ。今まで出合ったもののなかでもっとも意味のわからないそれを、私たちは受け入れなくてはならない。拒絶したり避けたりする選択肢はない。受け入れること、それしか私たちには許されていない。私たちは混乱し、かなしいと思うより先に泣き、受け入れざるを得ないそれを、のみこめず自分の内に転がし、転がすうち染み出てくる後悔の痛みに耐え、そうして、それほどの苦しみを人と共有できないことを知って愕然とする。同じように近しい人を亡くし、同じようにかなしんでいても、私たちはそれを分かち合うことができない。分かち合うことで軽減させることができない。その、絶望的なまでのできなさ加減にもまた、私たちは混乱するのである。

湯本香樹実という作家が描く死は、そうした死だ。現実に私たちが出合うもの。幾度体験しても、幾度でもつまずいてしまうもの。トモミのなかで、おそらくはじめて出合っただろう祖母の死は、どこにも吸収されず、整頓もされず、苦みと痛みと違和感を持ってそこに在り続けている。

そんなトモミの告白に向かって、祖父は言う。

「トモミがもっと小さかったら、そういうふうには思わなかっただろうな」

なんとさりげなく、けれどなんと信用できる言葉だろう。この祖父の言葉は、大人になるってそんなにわるいものでもないよ、というふうに聞こえる。きれいごとでもまやかしでもなく、真実の言葉として。混乱していいのだ。後悔に痛みを感じ続けていていいのだ。軽減させる必要なんかないのだ。そうすることで、亡くなった人と共生してもいいのだ。それこそ大人の特権なのだと、私には聞こえる。

そして私は思うのだ、助かった、と。だいじょうぶ、この子は助かった。重大な危機を、やり過ごした。そんなふうに。

トモミは、バスで過ごしたこの一夜から、はっきりとではないが、しかしゆっくりと確実に、子どもから脱皮していく自分自身を引き受けていく。わからない、ということもまた、同様に引き受けていく。私たちが生きているのは本当に、わからないことだらけの世のなかだと思う。信じがたい犯罪や、世界で起きる暴動や戦争のニュースを、新聞で読まなくとも、ささやかな日常だってわからないことばかりだ。なぜ列の順番を守らない人がいるのかわからない。なぜこんなちっぽけなことに声を荒らげる人がいるのかわからない。こうすればいいものを、なぜべつの方法を選ぶ人がいるのかわからない。人は本当に、それぞれの勝手な論理で生きている。

けれどトモミが学ぶのは、わからないものはわからないまま放っておくことでも、知りませんと耳も目も閉じてしまうことでもない。原因不明の病気にかかった猫たちに、薬をやりつづける幼い弟を見て、トモミは理解する。猫おばさんと、こんな会話を交わす。

「おばさん、どうしようもないことってあるね」

「うん」

「だけど、テツ、がんばってよかったんだよね」

おばさんは大きく息を吸いこんだ。それからいつものガラガラ声をいっそう太くして、「どうしようもないかもしれないことのために戦うのが、勇気ってもんでしょ」と言った。

わからないこと、理解できないこと、どうしようもないこと、大人になるということは、紛れもなくそれらに出合うことだが、ここでトモミが知るのは、それらを傍観する手段ではない。ガラクタ、猫たち、雷の音、夢、隣家の老人、父と母の喧嘩、猫おばさん、頭痛、卒業式の思い出、祖母の思い出、バスの夜、テツの発奮、いいことも悪いことも、「何かひとつでも欠けたら」たぶんわからなかったこと、「どうしようもないかもしれないことのために戦う」勇気をこそ、彼女は知るのである。

死、というものもまた、私たちが戦わなければならない、おおきなひとつの「どうしようもないこと」なのだろうと、私はこの小説を読んでいて思った。他者の死にしても自己の死にしても。どうせ死んでしまうのだ、と傍観するのではなく、死という、人の力ではどうしようもないものに向かってがむしゃらに刃向かっていく。それが他者と関わるということなのではないか。ひいてはそれが生きるということなのではないか。納戸のガラクタを壊したりなおしたりしているおじいさんや、野良猫たちに餌をやり続けているおばさんは、短くさりげない言葉で、いや、言葉ではなく行為で、そう伝えてくれる。トモミに、そして私たちに。
そして世界はトモミの前で美しく変わる。

　強く強く目を閉じて、それからぱっと目を開けたとき、空はもっと青くて、テツも、猫たちも、おばさんも、こわれたバスも、もっともっとくっきりと、明るい光にふちどられていた。

わからないことと折り合いをつけたトモミの前で、世界はそんなふうに美しく光を放つ。春休みに起きたすべてのことが、危機に陥りそうな彼女に正しい道を教えたのだ。光にあふれた日々に、彼女はまっすぐ足を踏み出したのだ。
　この小説のなかで、ほとんどのことは解決を見ない。作者は説明をまったくしない。父と母がどうなったのか、なぜ母は父の仕事場で寝ていたのか、猫おばさんの写真におさめられたのはだれだったのか、猫おばさんはなぜひとり暮らしなのか、痴漢男はどうなったのか、老人はどうなったのか、わかりやすい説明はなく、すべてが未解決だ。私たちの現実の生活がそうであるように。

しかし不思議なのは、これほど未解決なことばかりなのに、読後感はすべての解決を見たかのような爽快なものだ。トモミが、わからないことすべてと戦う勇気を得たのと同時に、思い通りになることばかりではない生を引き受ける力を、私たちにもまた、この小説は与えてくれるからだと私は思う。

（「新潮文庫」解説　2008・7）

# 恋のようなものと、ほんものの恋

佐藤多佳子『黄色い目の魚』（新潮文庫）

　この本を買って、読み出したときのことを、今でも覚えている。池袋の大きな本屋で、タイトルと表紙に惹かれて買い、そのまま西武池袋線に乗り、待ちきれなくて取り出して、ページを開いた。あっという間に物語世界にひきこまれ、乗客の姿も、窓の外の景色も、車内放送も、ぜんぶ消えた。

十歳の悟《さとる》、妹の玲美《れみ》。母親の歩美《あゆみ》、父親のテッセイ。数ページ読んだだけで、登場人物たちが、知っている人たちみたいに生き生きと動きはじめる。

実際に、出会ってしまったのだと、読み進むうち、私は幾度も実感することになる。最初のページでひきこまれた瞬間、現実にだれかと会うみたいに、私は出会ってしまったのだ。悟に、玲美に、歩美ちゃんに、テッセイに。

　第一章、ものごころついてから悟がはじめて会う父親、テッセイは、彼を江古田に連れていく。そのとき、次は江古田、という車内放送が聞こえ、私はぱっと顔を上げ、ぼんやりあたりを見まわした。物語と、自分のいる場所が、ごちゃまぜになって、軽く混乱していた。自分が物語のなかにいるような、隣の席にテッセイと悟が座っているような。

その日、私は江古田《えこだ》で用があったのだった。どんな用事だったのか、江古田でだれに会ったのか、そんなことはまったく覚えていないのに、西武池袋線のなかで読んだこの小説の第一章だけは、本当に、昨日のことのように思い出せる。テッセイが悟を連れていく居酒屋も、テッセイの住む安アパートも。

この小説は、そんなふうに、現実の記憶よりも断然強く心に残ってしまう種類のものだ。

第二章、もうひとりの主人公、みのりが登場する。第一章に強く吸引されたあとでは、少々戸惑う。悟は？　歩美ちゃんは？　幼い玲美はどうなったの？　と、きょろきょろしてしまうのだが、やっぱりそれも一瞬だ。一瞬後には、気が強そうで不機嫌な、中学生のみのりと、私は出会ってしまうのだ。自由人、といった風情《ふぜい》のみのりのおじ、通《とおる》ちゃんや、おとなしいクラスメイトにも。

むかつくことばかり、好きより嫌いが多く、気に入らないことがあるとすぐ絶交してしまうみのりと、正反対の（つまりトイレに連《つる》んでいくような）中学生時代を送った私は、ああ、この子が私と同じクラスにいたら私も絶交されるなあ、と思いつつ、けれど、どうしようもなく、みのりのことを好きになってしまう。みのりの潔癖さ、強さ、正直さ、不器用さ。憧れるように、好きになってしまう。

私はここで、深く考えてしまう。作者は、いったいどんな魔法を使っているんだろう？

ここまでの二章で、私たち読み手は、この小説に登場する主要人物ほとんどすべてと出会っていることになる。彼らは――悟もみのりも、テッセイも通ちゃんも――出会ってすぐに好きにならざるを得ないような、特殊な人たちではない。ずば抜けて頭がいいわけでもないし、とろけるようなやさしさを持ち合わせているわけでもない、ヒーローみたいにかっこいいわけでもなく、魅力的な美男美女というわけでもなさそうだ。どこにでもいそうな、もしくは、どこにでもいる人たちより何倍かはやっかいそうである。関わると面倒そうである。なのに、気がついたら好きになっている、どうしようもなく惹かれている。じりじりと読み進みたくなるのは、解決すべき謎があるからでも、空が落っこちてくるような事件があるからでもない。好きになってしまったからだ。どうにも魅力的な彼らから、目が離せなくなるのだ。

だから、第三章で、高校生になったみのりと悟が出会うとき、ちょっとびっくりするくらい、うれしくなる。ああ、よかった、出会ってくれて。現実に自分が大切な人と出会ったときみたいに、心底そう思うのだ。私たち読み手は、とうに作者の魔法にかかっていて、読み終えるまで逃れられない。いや本当は、読み終えてからも、なのだが。

高校生になったみのりと悟の物語は、湘南を舞台に進んでいく。第三章以降には、この年代についてまわるものごとの、まるごとすべてが、緻密に、ていねいに、端折《はしょ》ることなく描かれている。家族の問題、将来のこと、現在の学校生活、友だちとの関係、垣間見える大人の世界、それから、だれかを大事だと思う気持ち、恋のようなものと、ほんものの恋。

右を向いても左を向いても、何かしらやっかいごとが待ち受けている悟とみのりの日々が、それでもどこかしら風通しよく、涼やかに思えるのは、たぶん、湘南という場所も関係あるんだと思う。バスに乗って、もしくは歩いた先に海が広がっている。その解放感が、開け放たれた窓みたいに、小説全編に心地よい風を送り続けている。

そんななか、みのりと悟は、自分たちを取り囲む問題のひとつひとつから、逃げ出さず、ごまかさず、斜に構えることもなく、真っ向からぶつかっていく。読んでいる私が痛みを覚えてしまうほど、彼らは真剣で、真摯だ。

彼らの真剣さの裏には、いつも二人の大人がいる。

みのりには、おじさんの通。悟には、十歳ではじめて会った父親、テッセイ。この二人は、悟が最初に持った印象のとおり、よく似た部分を持つ。ものごとに縛られず、やりたいことをやりたいようにしかできない、ゆえにまっとうとは言いがたい大人。二人はどうしようもなく、この自由な大人たちに、縛られている。彼らのようになりたい、なりたくない。彼らのことが好きだ、嫌いだ。彼らのことを認めたい、認めたくない。相反する気持ちが、二人のなかをぐるぐると渦巻いている。

覚えがある人には、じつによくわかると思うんだけれど、自由な大人、というのは、子どもにとって非常にやっかいな存在だ。たいてい、親戚のなかにひとり、そういう人がいる。放浪癖がある、定職を持っていない、自分の好悪に馬鹿正直である、てっとりばやくいえばまっとうではない。子どもはそういう大人に、なぜかしら、惹かれる。惹かれて近づくが、そういう大人はたいてい子どもを子ども扱いしないので、子どもは、自分が大人なのか子どもなのかわからなくなり、大人の部分と子どもの部分をアンバランスに持ったまま、成長してしまったりする。

ところがみのりと悟は、自分たちが彼らのそばにいたらやばい、と本能的に察しはじめる。

「通ちゃんチにいると、私はどっかが育たない気がする」と、みのりは思う。「俺たちは、もうテッセイから解放されなきゃいけない」という祖父の言葉を、悟は妹の玲美に言う。

最初にこの本を読んだとき、通ちゃんとテッセイ、この二人の大人の存在が、みのりと悟を成長させ、強くさせるんだと思っていた。けれど何度か読み返していくうち、違うんじゃないか、と思うようになる。

自由で風変わりな大人のそばにはりついていたらだめだ、と思わせるのは、みのりにとっては悟であり、悟にとってはみのりなのだ。悟が、ひやかされてもからかわれてもみのりの絵を描き続けるのは、テッセイのようになりたくないという気持ちばかりではなく、やっぱり、みのりがみのりだったからだし、みのりが、たくさんの嫌いのなかから「好き」を見つけだしそれを守ろうとするのは、そんな悟に触れたからだ。

もし二人が出会わなかったら、彼らは、身近な大人に拘泥《こうでい》するのをやめなかっただろう。悟はテッセイを卒業できず、みのりは通ちゃんチから抜け出せなかっただろう。出会ったことによって、ぐるぐる渦巻く自分の感情すらも、二人は目を凝らして見つめ、そこからなんとか、出ていこうとする。よぶんなものをなんにも持たない自分自身になってみようとする。

叶《かな》えられないのを承知の願いだけれど、もしできるならば、私はこの本を、高校生の私に手渡してあげたい。逃げることとごまかすことに長《た》けていたそのころの私は、みのりや悟と出会って、現実に知り合うように出会って、そうして知るだろうから。マジになることはかっこわるくもこわくもない、マジを突き詰めても私たちはなんにもなくすことがない。高校生のときの私が、まさにだれかに教えてほしかったことを、だれかと話したかったことを、この小説は、正しく伝え正しく聞いてくれるに違いない。

どちらかというとみのりたちの親に近しい年齢である私には、彼らを取り巻く大人たちの存在も、非常に興味深かった。作者の、脇役である大人の描き方の巧妙さには驚いてしまう。通ちゃんとテッセイばかりではない、似鳥《にとり》ちゃん、悟の母親や祖父、みのりの母親。じつに簡潔に、まるで横顔だけをちらりと見せるかのように書く。その横顔があまりにも印象的なので、読み手は、全貌を見てしまったように錯覚する。かっこいいだけではないし、意味不明なだけでもない、不器用さや弱さやかたくなさをちゃんと持った彼らは、やっぱり十六歳という年齢を経験して、今、そこにいる。作者はここでも魔法を駆使して、私たち読み手と、脇役である彼らをも、出会わせてしまう。

だから、最終章で、ほっと胸をなで下ろしたのもつかの間、すぐに彼らのその後が気になりはじめる。似鳥ちゃんと通ちゃんはどうなったのか。祖父と歩美は？　みのりの両親とみのりの関係は？　作者によるあとがきを読むと、いつかそう遠くない日に、彼らにも再会できるかもしれない。そのときが本当に、心から待ち遠しい。

先に、作者の魔法は、読後も私たちをとらえて離さない、と書いた。読み終えても、私たちの内側には、みのりと悟と、それから、思わず再会を願ってしまう大人たちが住み着いてしまう。現実の友人たちとそうなるように、この先、ずっといっしょに日々を送っていくような気分になる。なんて強い魔法、なんてすごい小説なんだろう。出会えてよかった、みのりにも、悟にも、このものすごい小説にも。

（「新潮文庫」解説　2005・11）

# 母という存在が持つ孤独

金原ひとみ『マザーズ』（新潮文庫）
西原理恵子『毎日かあさん8　いがいが反抗期編』（毎日新聞出版）

金原ひとみ氏の小説『マザーズ』には三人の若い母親が登場する。小説家のユカ、彼女の高校時代の友人涼子、モデルの五月。それぞれ三歳児、一歳児、ゼロ歳児をおなじ認可外保育園に預けている。彼女たちの職業も、夫との関係も生活も特殊であり、また三人の性格もある種の激しさという点で似ていて、身近に感じるわけではないのに、心の襞《ひだ》の奥の奥まで言葉にしていくような描写によって、いつのまにか読み手の私は、三人の母親たちそれぞれの内面に取りこまれている。夫ではない男と恋愛をしているモデルの五月の気持ちや、ガムを噛むようにドラッグを口に入れるユカの気持ち、子どもに手をあげる衝動を抑えきれない涼子の気持ちを、わかるというよりもっと生々しく、味わわされる。だからずっと、読んでいるあいだじゅうこわかった。自分のものではない感情に突き動かされなければならないから。

生まれた子をだれしもが愛するが、その愛のありようがシンプルなひとつのかたちではないことを作者は読み手に突きつける。描かれる子どもの年齢がそれぞれ違うせいで、育児というものの意味合いの違い、母親が引き受けなければならないものの違いがくっきりと浮き彫りにされる。母親たちの年齢が若い故に、彼女たちが娘として、女としての自己と、母親としての自己に引き裂かれる描写がじつに印象深かった。

母親たちそれぞれの決して共有できない孤独が、これでもかというほどに描かれているが、しかし読み終えてみると、何か高潔なものに触れたような気持ちが残る。その高潔さこそ、母という存在の持つ孤独だと気づく。小説世界に取りこまれ、ふりまわされ、恐怖を味わわされ、本を閉じてもなかなかそこから出てこられない、読書特有の幸福な酩酊を、久しぶりに堪能した。

このほど発売された西原理恵子氏『毎日かあさん』は、もう八巻目。ちっちゃかったおにいちゃんはもう中学生、おしゃまな妹もずいぶんおねえさんである。あいかわらずびっしりとページを埋める絵と言葉に、腹を抱えて笑いながら、しんとした気持ちになっている。ここにもまた、がむしゃらに突き進む母親がいる。この母親は、自分が子どもだったころのことをくっきりと覚えていて、そうして子どもたちに、大人になって彼らが生きていくときに役立つちいさなものごとを、あげることばかり考えている。多くの母親がそうであるように。

この漫画のすごいところは、時間が流れていることだ。幼児は児童になり、少年は青年になっていく。反抗期もやってくる。人生にずっと反抗している母親と、中学生男子は、でも、なんだかけっこううまくやりあっている。

何かを教えようとする漫画では決してないし、人生とか家族なんて大仰な言葉はいっさいつかわれていないのに、読み終えると毎回、ものすごく深いところに連れていかれた気がする。ちいさな子どもだったころの幸福な時間に、触れさせてもらった気がする。

（「サンデー毎日」2011・10・1）

# 大人のための秘密基地

大島真寿美『水の繭』（角川文庫）

大島真寿美《ますみ》さんの小説は、秘密基地を思わせる。

橋のたもとや、たんぼの片隅や、空き地の土管や、廃屋の庭。あるいは家のなかの、階段下の物置、学習机の下。子どもはどこにでもとくべつな場所を作る。チョコレートやスナック菓子や漫画、好きなものだけを持ちこんで、息をひそめる。そこでとくべつなことをするわけではない、お菓子を食べたり、漫画を読んだり、おしゃべりをしたりするだけで、そんなことは学校でも自分の部屋でもできるのに、わざわざ秘密基地に向かう。

ひそやかな、しずかな、大人はだれもいないのに、圧倒的に守られている空間。

そのひそやかさ、そのしずけさ、頼れる大人はどこにも見あたらないが、けれどたしかにだいじょうぶなような、その奇妙な安心感。この形容はすべて、大島真寿美さんの小説にもあてはまる。小説全体がそうなのだが、しかし彼女の小説にはよく、そのような場所も登場する。

『水の繭』では、月見遊子と葉紫《はむらさき》茂が営む（営もうとしている）カフェが、そうである。

もともと、主人公とうこの従妹《いとこ》、瑠璃が中学生のころに見つけた空き家だった。それが、数年たって訪ねてみると、開店準備中のカフェになっている。いつも工事中、いつも準備中、客のひとりもこないカフェである。

両親が離婚し、母親が双子の兄を連れて家を出たあと、とうこは父と二人で暮らしていた。その父も死んでしまった二十歳の夏、小学生のころから家出癖のある従妹、瑠璃がとうこの家にやってくる。

この作家の書く小説は、いつも秘密基地のごとくしずかだ。しずかに、淡々と物語はすすむ。そして登場人物たちは、どこか飄々《ひょうひょう》としている。そのしずけさが、淡々とした空気が、登場人物たちの力を抜いたような毎日が、喪失というもののすさまじさを描いていると私は思う。『水の繭』は、しずかでありながら、じつに激しい小説である。とうこ、双子のりく、彼女たちの父や母や祖母、瑠璃、カフェの持ち主、遊子、茂、彼らはそれぞれ、何かしら喪失を抱えている。彼らの抱えた喪失、ぽっかりとあいた空洞が、淡々とした語り口だからこそ、ひりひりと浮かび上がる。

読みながら、私は幾度も思った。何かを失うということ、それはこんなにも人を傷つけるのだ、と。

失うということは、希有《けう》なことではない。ふつうに日々を暮らしていたって、私たちはしょっちゅう何かを失う。だいじなものも、そうでないものも。生きれば生きるほど失うことに麻痺していく。何かをなくしても、たいしたことじゃない、と自分に言い聞かせる術《すべ》を、私たちは知らず身につけていく。

しかし、実際はそうではない。失うことは、慣れることのできるようなものではないし、麻痺してしまえるようなものではない。だいじなものを失えば失うほど、人は深く傷を負う。そのことを、私はこの小説を読んでいて思い出したのである。

とうこをはじめ、登場人物たちの抱える空洞は、壮絶で、絶望的だ。壮絶という言葉も、絶望的という言葉も、このしずかな小説にはまったくそぐわない、と書いていて思うが、しかしやっぱり、そうなのだ。たとえばとうこは、まず母を失っている。双子のきょうだいを失っている。双子のきょうだいとともに、自分の一部もまた、失っている。そうして最後には、父をすら失う。

失うことに、彼女はもう飽き飽きしている。痛みを感じないように麻痺しても、たいしたことじゃないと自分に言い聞かせても、あらたな何かが失われ続けている。部屋のなかを片づけもせず、瑠璃とぶらぶら暮らしているとうこは、一見飄々と、お気楽に見えるが、そうではない。絶望を口にしなくとも、自暴自棄にならずとも、彼女はもはや動くことができないのだ。とうこの喪失、とうこのかなしみについて、この作者は大げさな表現をいっさい排している。少しでも深刻味を帯びそうになると、作者は読み手を笑わせすらする（父の葬儀で吐き続けたと言うとうこと、瑠璃の会話の、なんとおかしいことだろう）。だからいっそう、私は喪失を抱えたままのとうことという人物に、痛々しいほどのリアルさを覚えてしまう。死んでやると大声で宣言する人は、あんまり死なない。ふっと消えるようにいなくなってしまうのは、いつだって、昨日までごくふつうに笑いごくふつうに会話していた、だれかなのである。

ほかの登場人物も然り。みな、何かを失っている。失ったことに呆然としている。それでも、ごくふつうに日々を生きている。いや、「ごくふつう」とは少々異なるそれぞれのやり方で、なんとか日々をやり過ごしている。

笑い合っても、おだやかな時間が流れても、しかし登場人物たちの発する光が、ひどく弱々しいことに読み手は気づかされるだろう。弱々しい光が、ふらふらと近づきあっては距離を取るような印象がある。

そうして、この作家は、ぜったいに弱い光を強めたりしないし、失ったものを取り戻させはしないのだ。そういう意味合いにおいて、大島真寿美さんという作家は、小説のなかでけっして嘘をつかない。

とうこと瑠璃が足繁く通うようになるカフェ、彼女たちの秘密基地は、彼女たちを元気づけたりはしない。弱まっている魂の光を強くすることも求めない、立ち止まった場所から一歩踏み出すことも要求しない。ただ、そこで息をひそめることだけを、許している。彼女の小説にはよくそういう場所が出てきて、読むたび、私もその場所にいって寝転がりたくなる。お茶を飲んでだらだら話をしたり、葉のこすれ合う音を聞きながらうとうととまどろみたくなる。私はきっとどこかで、弱い部分は強くしなくてはいけないし、落ちこんだら立ちなおらなくてはいけないし、失った部分を何かべつのもので満たさなくてはいけないと、思いこんでいるんだろう。そうじゃないんだと、だからいつも、彼女の小説に気づかされるのだ。弱いままでいい、落ちこんだままでいい。そこでしか出会えない人もいるんだし、そこでしか見ることのかなわないものもあるんだと。

とはいえ、小説のなかで、とうこは失ったままではない。秘密基地でじゅうぶん時間を過ごしたあとに、やはり立ち上がり、一歩を踏み出す。父の一周忌を終え、彼女は失なった双子、失った自分の一部に会いにいく。

そうして、大島真寿美という作家が一筋縄ではいかないな、と思ってしまうのは、ここから先である。とうこに一歩を踏み出させてもなお、この作家は嘘をつかない。とうこに、失ったものを取り戻させはしないのである。

作家は書く。

むかしむかし、あるところに、私たちが家族だったころはある。だけれども、それは、むかしむかし。

私たちはもう家族じゃない。

だから、なに？

そんなことは、ここでは、どっちだっていい。ここは、今。おとぎ話はもう、おしまい。

びっくりしてしまう。この作家の、嘘を書かないそのきびしさに。

そうなのだ、失ったものはもう二度と戻ってこない。今ある時間は、明日にはない。同じことがくりかえされることはない。どれほどいとしい人であっても、時間であっても、私たちはふと失ってしまうのだし、失ったら最後、その空白はほかの何でも満たされることはない。

とうこは失った家族を、もう一度手に入れることはない。心にぽっかりとあいた空洞を、埋める手だてを持たない。瑠璃もそうだ。瑠璃が自分の家族のもとに帰ることはないし、遊子が自分の子どもにふたたび会えることはない。この小説を、「激しい」と先に書いたが、その激しさの理由はそこにある。喪失のすさまじさを書き、あいた穴ぼこを穴ぼこのまま読ませる。そのすべてが、しずかに、淡々と行われる。この作家を、ちょっとこわいと思ってしまうのは私だけだろうか。

しかしながら、『水の繭』は、絶望を描いた小説ではけっしてない。喪失とともに生きること、穴ぼこを抱えたまま空を見上げることを、やっぱりものすごいさりげなさで、読み手に伝えてくれる。作者の言葉を借りて言うならば、喪失は消えない。穴ぼこは埋まらない。だから、何？　である。読み終えるとき、私たちも思えるのだ。だから、何？　と。

秘密基地は、子どもだけの特権で、大人にはそういう場所を持つことが許されない。だって大人だから。大人は子どもよりも強いから。

けれども本当にそうだろうか。死の意味を知らない子どもよりも、深く知った大人のほうが、弱いとは言えないか。それでも私たちは、もう秘密基地を持つことを許されない。橋のたもとを家に見立て、持ち運んだ好きなものだけで埋め尽くすことは許されない。

大島真寿美さんの小説は、そんな大人のための秘密基地だと、私は思っている。秘密基地が与えてくれた、あの絶対的な安心感を、彼女の小説もたしかに読み手に与えてくれる。

（「角川文庫」解説　2005・12）

## 胸の震えるような音楽が聴こえる

大島真寿美『ピエタ』（ポプラ文庫）
つかさおさむ『100万羽のハト』（偕成社）

大島真寿美さんの小説が好きで、ずいぶん前から読んでいる。だから新作『ピエタ』を手にとったときは意外な感じがした。舞台は十八世紀のヴェネツィア、ヴィヴァルディが音楽を指導していた孤児院、「ピエタ慈善院」。史実に創造の種を見つけて紡がれた小説なのだろうと想像する。この著者が多く描いてきたのは、現代の日常の、私たちによく似た人たちの、さらりと心地よい時間だったから、びっくりしたのである。

ヴィヴァルディの訃報が孤児院に届くところから物語ははじまる。かつての教え子たちが、一枚の楽譜の行方をさがしはじめ、その楽譜に導かれるように、ヴィヴァルディと彼を取り巻く人々の秘密が、ゆっくりと明らかになっていく。

低体温、とでもいいたいような丁寧語で一貫して語られる物語は、舞台が十八世紀ということもあって、実際のところ、読者として小説に入りこむ扉がなかなか見つけられず、難儀した。けれど、物語中盤、音楽的才能に恵まれたかつての孤児、アンナ・マリーアがヴィヴァルディのヴァイオリンを手にし、まず一音出し、弾きはじめる、その場面で、自分がこの小説の内側にすでにいることを思いしらされる。音楽が聴こえるのである。クラシック音楽にまったく造詣のない私にも、胸の震えるようなうつくしい旋律が。

かつての孤児、貴族の娘、高級娼婦、船乗り……その時代ではおそらく考えられなかった異なる階層の人たちが豪華絢爛に入り乱れ、そのなかで、純粋に音楽を愛し、子どものように飛び跳ねていた作曲家の姿が浮かび上がる。静かな文章にこめられた熱にようやく気づく。

これまでの作品とずいぶん違うという印象を最初は受けたが、しかし透き通るように静かでうつくしいラストシーンは、この著者がずっと描いてきた、人と人のすれ違う奇跡のような瞬間であり、奥ゆかしくやわらかな幸福である。本を閉じてもきらめくような音楽が聴こえ続ける。

もう一冊、意外だったのが司修氏が「つかさおさむ」名で描いた絵本『１００万羽のハト』。この著者に絵本作品は多々あれど、ユーモラスでちょっと意地悪にも見えるこんな絵まで描くとは知らなかったのだ。

ある日てん子は、かあさんから秘密を聞き出す。なんとかあさんはキリマンジャロに土地を持っているという。かあさんは、てん子にも地球上のどこかの場所をあげると言う。やがて、世界じゅうの子どもたちが、地球上の土地だけではない、空の上まででも、自分の場所を見つけていく。どこかにある場所、いくことのかなわない場所に思いを馳せる。

リズミカルで、ユーモラスで、チャーミング。なのに読んでいたら泣けてきた。『ピエタ』で聴こえてきたのはクラシックだが、この絵本から聴こえてきたのはかの有名な「イマジン」。あとがきを読んで、自分の涙の意味がわかった。ちいさいけれど、馬鹿でかい絵本である。

（「サンデー毎日」2011・4・17）

## 居心地のいい場所

藤野千夜『主婦と恋愛』（小学館文庫）

　主婦と恋愛。このタイトルを見て、とくに既婚者の人はどきりとするに違いない。「主婦」と「恋愛」の組み合わせには、タブーめいたつやっぽさがある。どきりとしつつ本書を開いた既婚者は、もしその人が藤野千夜《ちや》の初読者であったとしたらなおさら、肩すかしを食わされることと思う。とんでもないタブーもつやっぽい官能シーンもここでは描かれない。そうして賢明な読者は気づくはずである、本書のタイトルが主婦「の」恋愛ではなく、主婦「と」恋愛である、ということに。

　主人公のチエミは専業主婦である。高校教師の夫とは見合いのようなかたちで出会い、とくに激しい恋愛もせず結婚した。結婚後も続けていた仕事を、子づくりも視野に入れてやめたものの、まだ子どもはいない。

　夫の忠彦は大のサッカーファンで、小説は、青沼忠彦・チエミ夫婦が、札幌で行われるワールドカップのサッカー試合を観戦にいくところからはじまる。このワールドカップとは日韓共同で行われたもので、だからこの小説は、二〇〇二年の六月を描いている。

札幌のサッカー観戦で知り合った若い女の子、ワカナちゃん。試合チケットを譲ってくれた姉妹の住まいでチエミが会ったカメラマン、サカマキさん。どこのだれで、どんな人で、どんな暮らしをしていて、どんな履歴を持つのか、よくわからないまま、なんとなく親しくなった彼らは、サッカーを見るために六月の週末ごとに青沼家に集うようになる。サッカーにさほど興味のないサカマキさんに至っては、いったい何をしにくるのかわからないけれど、それでも、誘えば彼はやってくるのである。

そしてチエミは、ひょうひょうとしてとらえどころのない(でも自分の魅力はわかっているような)サカマキさんに、恋と分類するにはあまりにも淡い好意を抱く。

チエミの心理描写あるいは二人の関わりは、まったく美化されず、呆れるほどの現実味を持って描かれる。藤野千夜ファンであるところの私は「ああ、さすが藤野千夜」と幾度も拳を握りしめたほどである。主婦チエミの、自由人サカマキに対する淡い好意を、うんと美しく、うんとせつなく、うんと魅力的に描くタイプの小説は多いのではないかと想像するが、この作家はそんなことはぜったいにしないのである。

サカマキを意識するあまり、チエミはかすかに挙動不審ですらあり、言葉の裏や行動の裏を読むあまり、ごくふつうの現実がトラップだらけのように感じられる。あまりにもチエミの状態がわかりすぎて、読んでいるこちらまでぐったりと疲れる。そうだ、恋や好意ってこんなにも厄介なものだったんだと思い出す。

忠彦とワカナちゃんのあいだにも、何かありそうな可能性はあり、でも、チエミ自身はそんなことはちっとも気にかけていない。そうしてその可能性は、どうやら可能性止まりなのだ。

考えてみれば不思議な四人である。チエミと忠彦は夫婦とくくってしまえるが、そのほかには、彼らを規定するような言葉はない。友だち、というにはあまりにも遠い関係であり、不倫相手とももちろん違う。サカマキとワカナちゃんのあいだに恋の気配もない。そしてチエミは、「自分のすぐそばで外国のサッカー選手について早口で語っている青い服の」ワカナちゃんをだれだろうと思ったその瞬間、自分の夫のことをも「本当はよく知らないのに」と、思う。

それぞれ、よく知らないのにだらだらと家で時間を共にする人たち。チエミの自意識に共感して疲れつつも、でも、読んでいると、とてつもなくうらやましくなってくる。そのゆるいつながり、ゆるい時間に、私も身を浸したくなってくる。おたがいよく知らない人で、そこにある距離をだれも縮めようとはしないから、彼らのあいだには諍いも、憎悪も、悪意も、妬みも存在しない。もちろん派閥も敵対関係も。結婚以来大きな喧嘩を一度もしたことのない忠彦・チエミ夫婦も、そういうところでつながっているように思える。過去のたった一度のちいさな諍いで、彼らはそれぞれ無言のうちに決意したのかもしれない。必要以上に距離を縮めないように。何から何まで相手のことを知ろうとしないように。そうすることが、この二人の互いへの愛情であるように思えるのである。

ワカナちゃんが遊びにきている日に、忠彦の母親が夫婦の家を訪れるくだりがある。そこで彼女はチエミに「いいわねえ、自由で楽しそうだわ、こっちでの暮らし」と言う。その義母とおんなじことを、読者である私も心底思う。自由で楽しそう。気楽で心地よさそう。人との関わりが、ときにわずらわしいものであると、忘れることができそう。

でもそれは、自然とそうなっているものなのだろうか。彼ら四人のだれもが、無意識のうちに、暗黙の了解で作り上げているものではないのだろうか。

日韓合同のワールドカップが開催されていた時期を、つい思い出す。あの時期、たしかに町じゅうがふわふわと浮かれていた。夜遅くに散歩していると、ブルーのユニフォームを着た一団や、それぞれの国のユニフォームを着て仮装した外国人の一団が、酔っぱらって町を練り歩いていて、すれ違うとき、陽気に声をかけてきたり笑いかけたりしてきた。日本チームの試合がある日のその時間帯、宇宙人に住民全員さらわれてしまったかのように町はがらんとしていた。小説のなかで忠彦はピザを食べることにこだわっているが、そのがらんとした町を、たしかに宅配ピザのスクーターだけが走りまわっていた。サッカーにまるで興味のない私は、そこに混じれないことを心底つまらないと感じていた。

たまたま知り合ったこの四人は、みずから進んでそのサッカー熱に、というより、サッカー熱が作り上げた関係に浸ろうとしているのではないか。「つまらない」から逃れるために。もしそうだとしたら、それはみごとに成功する。

四人が過ごした六月の時間は、読み終えてみると、あるひとつの奇跡のように思える。お祭りのあいだだけ有効な魔法の時間のように。チエミがサカマキに写真の撮影場所に連れていってもらう場面の、なんと美しいことだろうと読むたび思う。美化された恋もせつなさもないのに、なんと刹那的に美しいのだろうと。

けれど、この小説は、その期間限定の奇跡だけを描いているのではない。それをさらに俯瞰した、もうひとまわり大きな視点がある。

チエミの、サカマキに対する慎重さは、ただ自分が既婚者だから、サカマキは危なそうだから、ということだけではない気がする。チエミは何かをおそれている。サカマキに好意を抱くこと自体をおそれているように思えなくもない。なぜ、好意を抱くことをおそれなければならないのか？

この小説を読んでいると私は「分《ぶん》」というものについてなぜか強く考えさせられる。分相応、とか、分不相応、とか言う、その「分」である。器といっても色といってもいい。

白川姉妹の家宴会にたまたま参加したチエミは、「ふだん馴染んでいる世界とは、なにかが違っている気がする」と感じる。さらにサカマキさんのグループ展を銀座の画廊に見にいって「たまたまサカマキさんに誘われたりしなければ、決して自分から進んで見に来るタイプの催しではない」とも、思う。彼女は自分の「分」を知っている。そこにあって当然のものと、そうでないものを、頭ではなく感覚で知っている。そして無意識にせよ流れにせよ強制にせよ、「分」の異なったところにいってしまうことをおそれている。「この世の中、ほんのわずかの差でなにかが決定的に変わることだってある」という理由で、サカマキとの初デートの時間を少しでも短くしようともする。

何かを決定的に変えないことに、チエミはひそやかに、けれど頑固に、心を砕いている。

のほほんと暮らしているようなチエミだが、一度、水道の蛇口をしめたか確認せずにはいられない状態になったことがある。さほど深刻な話ではないが、これがひどくなると○○神経症というような病名が、ちゃんとつけられるのだろう。喧嘩をしない夫とのちいさな諍いは、この時期、夫のたった一言で生じるのだが、なぜチエミがそんなふうな状況になったかといえば、たぶん「分」とは違う場所に立たされそうになっていたからではないかと私は想像する。自分の「分」、あるいは器、あるいは色と異なるところにいき、そのことに気づかずそこに留まると、人はこわれてしまう場合もある。

どこか、ここじゃない場所にいきたいと私たちは往々にして願う。実際にいきもする。でも、ここではないどこかは、私がそこに立つことによって、「ここ」になってしまう。見知らぬ土地でも生活がはじまってしまえば、もうそこは見慣れた私の場所なのだ。それは絶望するようなことではない。むしろ安堵していいことなのだ。私たちはときに、自分が自分でしかないことに失望するけれど、自分がいるべき場所ではないところにいかされ、自分の「分」とは違うものを背負わされ、そうとは気づかず必死にそれを受け入れようとすることこそ、不自然で、おそろしい。

多くの啓蒙本が、多くの小説やドラマが、多くのポジティブな先達が、前に進むことをおそれるなと言う。新しい扉を開くことに躊躇するなと、新しい世界に飛びこむことをこわがるなと言う。けれど藤野千夜の小説は違う。進んだ先で、新しい扉の向こうで、新しい世界で、居心地のよい場所がないのだったらその場にとどまっていればいいではないか。そこからどんなに地味な光景しか見えなくても。どんなにちっぽけな場所だったとしても。「分」が守られるならば。

ポジティブなメッセージと、この小説と、どちらがより私たち自身を肯定してくれているかといえば、言わずもがなである。

ここまで書いて、今さらこんなことを書くのもどうかと思うが、本当は、藤野千夜の小説に、解説なんていらないのだと思う。私はこの本を読んだときに感じた私的感想を書き連ねたけれど、藤野さんの小説は、どんなふうにも読める。べつの人からしたら、私の感想などとんちんかんなだけかもしれない。どんなふうにも読める、どんなふうにも感じることができる、どんなふうにも入っていける、それがこの作家の小説の、おおらかな魅力なのだと私は思っている。

（「小学館文庫」解説　2009・5）

# 4

# 一九八〇年代の青春

吉田修一『横道世之介』（毎日新聞社／文春文庫）
都築響一『バブルの肖像』（アスペクト）

吉田修一さんの新刊、『横道世之介』の舞台は、一九八〇年代の東京だ。主人公は横道世之介、十八歳。大学進学にあたり、上京してきた男の子である。

私は、この主人公とほとんど同じ時期に大学生活を送っている。だから「そうだったそうだった」「あったあった」「いったいった」「やったやった」とうなずきすぎて首が痛くなるエピソードばかりである。その強い共感は、じつにていねいにちりばめられた当時の風俗ばかりによるものではなくて、横道世之介という男の、リアリティのゆえもある。なんの取り柄もない、気のきかない、図々しい、脳天気な男で、どこにでもいそうだと思わせるところがかえってどこにもいない証明でもあるのだが、読み進むにつれて、彼を知っているような錯覚を抱く。まるで自身の分身であるかのような近しさで。

この作家がすごいのは、この小説をたんなる青春小説にしないところである。八〇年代後半というバブル景気の、今思えば珍妙な時代を背景にした世之介の日々だけだって充分おもしろいのに、小説ではその後、つまり現在も語られる。世之介とかかわった人々のその後の部分を読むたび、私ははっとさせられた。そうか今はつねに過去になるのだという、当然のことを思い知らされるのである。そのことの残酷と安堵とを、小説は深々と味わわせる。

そうしてふと思ったのは、世之介や私の世代というのはもしかすると、時代を共通項にできる最後の世代かもしれない、ということである。七〇年代、八〇年代は選択肢がさほどなく、みんながみんなおんなじことをしていた。だから、見るテレビ、観る映画、聴く音楽、読む雑誌もたいていいっしょなのである。情報が増え選択肢が増えると、そういう共通体験も生まれにくくなる。そのことの善し悪しについて考えたことはなかったが、世之介とこうして知り合うことで、もしかしてそれは幸福なことなのかもしれないとはじめて思った。ちなみに私もはじめて男の子とデートをしたのは下北沢のイタトマだった。

都築響一さんの『バブルの肖像』を読むと、世之介が大学生だった時代の奇妙さをじつによく味わえる。ゴルフ会員権、NTT株、十万円金貨など、学生だった私がまったく知らない世界も、写真と文章で紹介されている。ないなら作ればいいとか、ほしいなら持ってくればいいといった発想も今考えればおそろしいが、当時は実際にビルやホテルや町までが作ったり持ってきたりできたのである。この本を読んでいて、自分がずいぶんとあの時代に洗脳されたのだなと気づかされてびっくりした。ボジョレー・ヌーボーもティファニーも、長らく私はなんか恥ずかしいモノと思っていたし、クリスマスはカップルで過ごすものと信じているし、また、クリスマス時期のレストランには限定メニュウがあるのが「ふつう」だと思っていた。バブル景気の恩恵にあやかっていないと言いつつも、しっかり、時代の空気を吸って生きているのである。

（「サンデー毎日」2009・11・29）

# 騙される側の爽快な復讐物語

吉田修一『平成猿蟹合戦図』（朝日文庫）
長友啓典『死なない練習』（講談社）

吉田修一さんの小説『平成猿蟹合戦図』には、じつに多くの人物が登場する。チェロ奏者とその秘書、チェロ奏者の兄夫婦、美大に通うその娘、歌舞伎町で韓国クラブを営むママとその恋人、若きホストとバーテン、チェロ奏者の祖母……。ホストと結婚し、地元でホステスをしていた子連れの美月が、夫をさがすために歌舞伎町にやってきたところから小説ははじまり、そして彼女のその何気ない行動が、波紋のように、すべての関わりない人たちをつなげ動かしていく。

じつに複雑で壮大な小説で、凄惨な事件も起きるのだが、牛舎のにおいのようなのどかさがずっと漂っている。それはこの小説に登場する人々のたたずまいによるものだと思う。聖人なんかではまったくない、善人とも少し違う、でも、気持ちの一部分が澄んだ「ふつうの」人たち、小説の言葉を借りれば、騙《だま》される側、「自分が本当に正しいのかといつも疑うことができる人間」たちのたたずまいである。騙される人たちを今の世のなかは簡単に見捨てると、小説のなかで、ある人物が言う。まさにこの小説は、見捨てられる側に徹底して寄り添い、書かれたものである。

登場人物たちの出身地の多くは、地方である。若きホステスとその夫は長崎の五島、チェロ奏者とバーテンは秋田。どちらの商店街も閉ざされたシャッターが目立つ。さらに、登場する人たちの幾人かが、騙される親を見て育っている。猿蟹合戦とタイトルにもある通り、まさにこれはそうした弱い側の復讐の物語である。陰惨な復讐ではない、じつに華々しい復讐。小説の終盤、私は思わず泣き、爽快に涙することもあるのだと知った。まっとうに、ふつうに、分相応に生きることが、そうでないものに負けるはずなんかないと、きっと私を含めだれもが信じていて、そうだ、とこの小説が強くうなずいてくれた、それゆえの爽快である。

デザイナー長友啓典《けいすけ》さんの『死なない練習』も、じつに爽快。七十一歳で食道がんになり、入院、手術。とはいえ闘病記とはまったく違う。こちらに語りかけるような大阪弁で、「食道に過剰な負担をかけて、飲み食いに巨額なマネーを投じたのはまぎれもない事実やった」と、くる。そうして大阪でうまいもんをたらふく食べた少年時代から、東京にやってきた青年時代、一年間で二億円飲んだ、かの有名なK2設立のころを回想する。気持ちのいいほど食べて飲んで、食べて飲んで、が語られる。そればかりではなく、「ええ仕事をするためには、仕事仲間みんなでええもんを一緒に食べて、なごむこっちゃ」と、さりげなく深く、心に残る言葉もそここにある。

手術は成功し、著者は四十日で退院、そののちまたしても食欲が戻るが、もちろん前のようには食べられない。それでも、おいしいものを細胞とともに求めていくその心意気が爽快である。最後に記された三つの呪文、病気でなくとも、毎日自分に言い聞かせたい。

（「サンデー毎日」2012・1・15）

# 「今」と地続きの戦後史

橋本治『リア家の人々』（新潮文庫）
星野智幸『俺俺』（新潮文庫）

橋本治さんの『リア家の人々』は、ひとつの家庭にたくして描かれた、戦後史についての教科書のようでもある。主人公の文三《ぶんぞう》は帝国大学を卒業後、文部省に勤め、終戦後、公職追放となる。何もしようとしない夫を妻くが子は献身的に支えるが、成人していない三人の娘たちを残し、癌で亡くなる。その一周忌の席で、文三は再婚の意志を告げ、娘たちの猛攻撃に遭う。再婚を諦めた文三は、以降、ただ運ばれるように「老いへの道」へと向かう。娘たちはそれぞれ結婚して家を出、末娘の静《しずか》、文三、東京の大学に通う甥の秀和とが、三人で暮らしはじめる。

戦後はゆっくり遠ざかり、戦争なんてなかったかのように高度成長期がはじまり、人々は豊かさに向けて進みはじめる。結婚した二人の姉は父からの経済的援助をもらおうと争い、末娘の静は不満もなく父と従兄弟の面倒を見る。小説は、世界的な時代の変化を簡潔に描きつつ、やがて日本でも起きる学生紛争に焦点を当てる。父に愛され、自身に何ひとつ疑問を抱いたことのない静は、その時代に煽《あお》られるように、自我という目を開きはじめる。

文三には思想はあっても言葉がない。言葉がないからその思想はまとまらず、おもてに出ない。時代の変遷とともに、彼はただ、頭の古い、無口な男になっていく。父と同じく言葉でものを考えなかった静は、ひとつの恋の終焉とともに、思想と言葉を獲得していく。

終戦から二十数年で起きた日本の激しい変化を小説はしずかにあぶり出し、その急速な変化が取りこぼしたものへと冷徹な焦点を当てる。再婚を反対された文三の感じる寂しさと、ラストで静がつぶやく、言葉だけの寂しさとのあいだにある、この隔りはどうだろう。小説は一九六八年で終わるが、しかしそこから地続きの、私たちの生きる現在を強く問いただしているかのようだ。

地続きの現在として星野智幸さんの『俺俺』を読むと、じつに興味深い。主人公の、カメラマンになるのを諦め家電製品店に就職した永野均の両親は、おそらく『リア家の人々』の静の世代だろう。彼らの子の世代である均は、表現することが個性であり、褒められることとけなされることに敏感で、自分より劣ったものを見つけては安心する。他人の携帯電話を盗んだ彼は、もうひとりの「俺」に出会い、そうして「俺」はどんどん繁殖していく。「何も選択したことなどない」という「俺」は、自身では何も動かなかった文三とどこか似ている。ただ「俺」は、文三の持っていなかった言葉を、ふんだんに、あふれるほどに持っている。

文三からはじまり、静や彼女の恋した相手、石原を経て、「俺」へ。ここにはたしかに戦後日本のたどった日本人の、ひとつの流れがある。二つの小説は、たんなる戦後批判でも現代批判でもない。止まることなく進み続ける「今」と、それぞれの手法で格闘している。その格闘を通して、自身の頭と言葉で考えることを読み手に伝える。

（「サンデー毎日」2010・9・26）

# 私に向かって投げられたボール

伊集院静『ぼくのボールが君に届けば』（講談社文庫）

伊集院静さんの小説をはじめて読んだとき、この人は、死を川のように書く人だ、と思った。

大それた何かじゃない、遠い何かじゃない、近寄りがたいものでも、忌むような何かでもない。いつもひたひたと近くを流れている。あたりまえすぎて、そこにあることを忘れてしまうこともある。でも、川はいつもそこに在る。雨を含んでどうどうと流れることもあり、音もなく静止するように流れていることもある。憎むべきものでもない、愛すべきものでもない、ただどうしようもなくそこにある川のように、死というものを書く人だ、と思った。

それとまったく同じことを、この短編集を読んでいても思う。

おさめられた九つの小説の、テーマは死ではない。それでもやっぱり、どの話にも、死を思わせる川が流れている。死、という言葉が強すぎるならば、不在、と言い換えてもいい。だれかの不在によって、それまで均衡を保っていたバランスが崩れかけた瞬間のような、あやうさ、はかなさが、どの短編にもある。

表題作の「ぼくのボールが君に届けば」では、夫を失った女と、妻を失った男、そして母を失った少年が登場する。「えくぼ」の老婦人は、夫も子どもも、孫までも失っている。「どんまい」の少年には父がおらず、二卵性双生児の妹は入院している。「やわらかなボール」の男は家庭も仕事も失い、「麦を噛む」には、息子を亡くした父親がいる。

死によって、あるいは別離によって、自分自身の選択によって、みな何かを失っている。近しい人とばかりはかぎらない、私たちはただ生きているだけで、「今」を失い続けている。

本書に収められた短編は、一見、肌触りのやさしい小説に思える。でも、大切な人でも大切なものでもいい、何かを本当に失った経験のある人ならば、なんと残酷な小説かと思わずにはいられないだろう。私はそうだ。だれかを、何かを失ったあとの、あのひりつくような後悔、決して消えないどころか日に日に膨らむ罪悪感、底の見えない空洞をのぞきこんでいるような無力感。それを、この作者はまったくオブラートに包むことなく描いている。この小説に出てくる大人たちの、惨めな様子といったらどうだろう。自己正当化もかなわず、人生の大逆転があるとだれも信じていない。実際、奇跡のような大逆転なんかないのだ。失ったものはぜったいに戻らない。永遠の不在。大きかろうとちいさかろうと、意識していようといなかろうと、私たちはなんとかそれと折り合いをつけて生きていかなくてはならない。

その不在を、前向きな姿勢で受け止めるような器用な人間は、この人の小説には登場しない。みな、嘆き、怒り、悔やみ、なぜそこに在るはずのものがないのかという疑問への答えを出せないままでいる。そして作者は、容易な癒しを彼らに与えない。彼らの抱えた不在を、安易な方法で埋めたりはしない。

もうひとつ、この短編集には共通するモチーフがある。野球だ。

どの短編にも、さまざまなかたちで野球が登場する。あるときは、母を亡くした子と、これから母になる女がキャッチボールをする。あるときは、偶然出会い、たまま時間をともにした男と少年が、幻のボールを一度だけ投げ合う。あるときは、世のなかのすべてを憎んでいるような老婦人が、テレビ画面に映るヤンキースのマツイ選手に目を奪われる。

これまでの伊集院作品にも、野球は重要なモチーフとしてくりかえし登場している。この作者にとって野球というのは、スポーツを超えた何かなのだろう。

野球に詳しくない私にとって、野球というのはサッカーやバスケットボールや相撲と同じ、単なるスポーツというイメージしかないのだが、これらの短編集を読んでいると、野球じゃなくてはだめなんだろう、と思えてくる。夫も子も、孫までも失った老婦人が目を奪われるのは、ベッカムや朝青龍ではだめで、あの馬鹿でかい背中のマツイでなければならないし、風の又三郎のようにあらわれる男言葉の少女が、病の妹を持つ少年に教えるのは、ロングパスでもフェイントのかけ方でもだめで、カーブの投げ方でなければならない。脳溢血で倒れた男の過去もまた、白熱した高校野球でなければならず、寿司屋の板前と、刑務所から出た男を結びつけるものは、やはり野球でなければならない。

そうして読み進むうち、いつか私は思いだしている。たった数度投げ合ったことがあるだけの、白いボールのあの硬い感触や、ボールを追って顔を上げたとき目に入った、空の突き抜けた青さ。あるいは野球場の、絵画のようにあざやかな緑とか、ネットにはりつき選手の名を声のかぎり連呼している、おさない子どもの後ろ姿とか。それは実際の記憶よりもあざやかに色にあふれ、ああ私は、あんなに美しいものを見ていたのか、と気づかされる。もちろん、私の野球に関連するささやかな記憶が美しいのではない、この作者の野球というものの捉え方が美しいのである。

この短編集のなかで、野球は、不在ということの対極にあるものとして描かれている。人が、どうしようもなくひとりであると思い知らされるとき、野球というものが視界をかすめる。かつてかかわったスポーツとして、あるいははじめて触れるものとして。野球が不在を帳消しにするわけではない。何かを失った人の心を魔法のように満たすわけではない。それでも彼らが顔を上げたとき、そこに広がっているのは曇天ではなく、すかんと晴れた、高い空である。ここにおさめられた小説には、どれも、そんな青空が広がっている。野球というスポーツを取り入れることによって、作者はその澄んだ空を見せるのである。澄んだ空をかいま見せることで、黒黒黒と並んだ駒を、いっぺんに白にひっくり返してみせる。じつにあざやかな手腕で。

伊集院静さんの小説には、独特の気品があると私は思っている。

それはもちろん小説の巧みさでもある。寡黙でありながら、饒舌な余韻を残す。たとえば「どんまい」。ここで読者に与えられる情報は、ごく少ない。主人公純也少年の父はなぜいないのか。双子の妹はなんの病気なのか。純也がちらりと見た男は、母親とどういう関係であるのか。そしてふいにあらわれたカオルは、東京でどんな暮らしをしているのか。彼女と父の関係はどのようなものであったのか。何ひとつ、説明されていない。それなのに、読み手はありありと知るのである。純也の日常の細部を、純也の母の苦悩や疲れを、純也の面倒を見る町の人々の大げさでない善意を、カオルという少女の孤独を。

そうして小説はすとんと終わる。読み終えてため息が出た。ぴんとはりつめた気品に、見事に魅せられたからである。美しいようなものごとは何ひとつ書かれていないのに、読み終えて心に残っているのは、濁りのない美しさである。べたついた感傷も、わかりやすい救いも、ひとつもないのに不思議と気持ちがうるおう。

ほかのどの短編もそうだ。情報は極端に省かれている。安易な希望はどこにもない。死、不在は依然として川のようにひたひたと流れている。それなのに、読み終えたとたん、爽快な気分に包まれる。

これらの小説の気品の理由は、しかし、小説の巧みさのほかにもあるように思う。それはきっと、この作者の描く人間の、立ち姿に関係している気がする。

この作家が書く人は、どんな状況下にあれ、ひとりで立っている。だれかによりかかることをせず、足をふんばって立っている。それはたとえば、こんなせりふを読むと実感する。

「私はキャッチボールが好きなんだ。だって暴投をした人がボールを拾いにいかないで受ける人が走っていくでしょう。悪い、悪いなんて声を聞きながら、いいよ、なんて声を返してさ。面白いよね。あの感じ。それにキャッチボールをすると、その人のことがよくわかるような気がするの。受け止めた時の感触で、強さや、やさしさや、切なさまでが伝わってくる気がするの。」（「キャッチボールをしようか」）

私はここではっとする。人がひとりで立つ姿とは、どういうことなのかを知らされた気がするのである。

私たちは突然何かを失ったとき、失った原因を知ろうとする。その原因に人が絡んでいれば、その人のせいだと思う。たとえば私は十七のときに父を亡くしたが、そのことについて父を恨んだ。あるいはそのとき信じていた神さまを恨んだ。でも、父の死は、私に向かって投げられたボールだったのだと、この小説を読んで気づいたのである。相手に、運命に、文句を言ったって仕方がない。だってもうボールは投げられてしまったのだし、そのボールの始末はほかのだれでもなく、自分自身でつけなければならないのだ。放っておくのか、拾うのか。拾って、今度はどこに向かって投げるのか。自分がそうされたように暴投するのか、それとも、やわらかく投げるのか。

この作家が書くのは、ボールを投げる人ではなく、ボールを投げられた側である。彼らは、むちゃくちゃな方向に投げられたボールを、ときに途方に暮れて、ときに絶望して、それでも這いつくばるようにして、さがしている。そうしてそれが見つかったとき、そのボールが突然あらわれたのではなく、だれかと関わった証《あかし》としてそこに在るのだと、知るのである。ひとりで立つ、ということはつまり、ボールを自分で取りにいくことだ。「いいよ、なんて声を返し」ながら。

私のいう気品とは、ボールをとりにいく彼らの、凛《りん》とした姿のことなのだ。

人を最終的に生かすものはなんであるのか。何もかも失ったように思えるとき、それでも人を凛と立たせるのは何であるのか。そうした深い問いに対する作者なりの答えを、この短編集は描いているように思う。経済的な豊かさや、地位や名声ではない、幸福という馬鹿でかいわりに抽象的なことでもなく、また、愛情というはかりがたいものでもない。もっとちいさくてささやかで、他人とは共有し得ない個人的なものごとだ。たとえばボールを追って見上げた空の青さのようなもの。それはだれしもが持っている。ちいさな子どもでも、重大な過ちをおかした人でも、大切なことから逃げ出した人でも、だれでもが自身の内に持っている。この短編集が持つ爽快感、深い安堵感は、その徹底した平等性から生じているように、私には思える。

死というものを、この作家は川のように書く、と冒頭に書いた。私は伊集院さんの小説を読んで、思い出す。ああそうだった、だれかの不在というのは、特殊なことではなく、本当にいつもそこにあるものだった、と。そして小説を読み終えたとき、不在というのはかつてそこにその人が存在したという、まぎれもない証拠であることに、気づくのである。そう思って近くに流れる川に目を凝らせば、それは高く澄んだ空を映して、なんとあざやかに美しいことだろう。

（「講談社文庫」解説　2007・3）

## 時代に汚されぬ美しさ

伊集院静『志賀越みち』(光文社)

たったひとつのせりふ、たったひとつの文章、たったひとつの光景。小説が、読み手にとって忘れ得ぬものになるには、それだけがあればいいのだと、伊集院静氏の多くの小説は知らしめてくれる。昭和三十八年の祇園を舞台にした『志賀越みち』も、そういう意味において圧倒的に忘れられない作品になった。

麻布生まれのボンボン、津田雅彦が、大学の同級生で祇園のお茶屋が実家の久家《くげ》祐一の家に一夏、世話になる。そこで彼は、若く美しい舞妓、真祇乃《まきの》に一目惚れをする。小説は、祇園という町のしきたりや行事と、はるか昔から変わらない京の四季をからめて、その妖しさとうつくしさを陰翳濃く描き出す。

昭和三十八年といえばオリンピックの前年で、東京はまったく新しい町に生まれ変わろうとしていた、もっとも浮ついたにぎやかな時期である。そのにぎやかさは小説にいっさい描かれていないのに、京都に流れている時間がそれとは対極のものだということが、読み手には感覚として伝わってくる。その静けさが、雅彦の、頑固で一途な、そしてかなしい結末を予期させる恋を際だたせる。京都には「奥の、そのまた奥が」ある、というのは祐一のせりふだが、古都の本質的な姿、あるいは祇園という場所の在りようは、時代というものと、このように相反するものなのかもしれない。高度成長にもオイルショックにも、バブル期にもバブル崩壊にも、まったく脅かされずじっとそこに在り続けるもの。それを作者はあぶり出すように描いている。

　雅彦の恋がどうなるのか、うすうすわかってはいる。が、やっぱり終盤に向かうにつれてその展開に目を見はってしまう。彼の恋を応援するのが彼の友人たちだけではないことに読み手は次第に気づかされる。祇園という町に蔓延《はびこ》る幾多の悲恋の無念さ、遠い昔にしみこんだ思いの残像や、未来のかなしみまでもが、見えない触手で雅彦の恋を懸命に守ろうとしていることに、気づかされるのだ。そうして、一撃のように印象深い光景が描かれる。バスのなかで雅彦が真祇乃からの手紙を読む。簡潔に、素っ気なく、まるで俯瞰するように描かれるこの光景に、私は文字通り、やられた。ひどく映像的でありながら、やっぱり、文章でしか表現できない、震えるような箇所である。

　人間はときにとてつもなく美しいものを生みだし、作り出す。それはときに生涯一度の恋であり、時代に風化されない「奥の奥」の何かでもあり、また、それらをみごとにとらえた小説でもある。

（「週刊文春」2010・4・1）

## 「私」になるための決意

沢木耕太郎『あなたがいる場所』（新潮文庫）

ノンフィクション作品を多く手がける沢木耕太郎さんの、初の短編小説集を手に取り、最初の「銃を撃つ」を読んで、意外な気がした。語り手が高校一年生の女の子だからというばかりでなく、この子がまた、じつに平凡なのである。親の不仲に悩み、試験のできにくくよくよし、何もかもがついていないと感じる、どこにでもいそうな女子高生。ノンフィクション作品で沢木さんが取り上げるのは、どこかしら非凡な人たちだとどこかで思いこんでいたせいだ。

けれどこの平凡さが、扉となっている。読み手の私たちは、そんなふうに悩んだかつての自分をずっと彼女に重ね合わせている。平凡という扉をくぐって小説のなかに入ってしまっている。そして、立ち会うことになる。彼女がちいさな選択を迫られる瞬間に。

そのあとに続く短編小説の語り手たちの年代はじつに幅広い。「迷子」のユウスケは小学生、「虹の髪」の、経済官庁に勤める村井は、年齢は明記されていないが、四十歳前後だろうか。そんな具合だ。みな、私とは異なる世界にいて、みな、私とは異なる立場にいる。けれど登場人物だれしもに——妻子ある男と恋をして結婚し、寝たきりになったその男を介護する女性にすらも——私たちに向かって開けた扉がある。私たちは扉をくぐり、抵抗なくすっと、入ってしまう。

なぜかんたんに入りこめるかといえば、小説のなかで彼らが暮らしている世界がちいさく、そこで彼らが営む日常がささやかだからだ。とくべつなことは何もない。平凡で、ふつう。

実際はそうではない。「天使のおやつ」の夫婦は、真相のつかめない事故で娘を失う。その小説には人助けの代償に片腕を失った男が登場する。こんな大きな絶望はそうそうあるものではない。とても「ふつう」のことではない。「クリスマス・プレゼント」は、妻を失いひとりで暮らす父親が、成人した息子に宅配便を送る話だが、その送り先を知ったときは衝撃を受けた。これだってぜんぜん「ふつう」ではない。平凡な家庭とはいえない。

それでも、どんなに特殊な状況でも、小説は静かなままだ。登場人物たちは悲嘆にくれ、ときには声を荒らげ、叫び、声にならない悲鳴を上げている。けれどそれを描き出す小説は、一貫して、ささやかで、静寂のなかにある。登場人物の悲鳴を、小説は静寂のなかに包みこむ。

それは現実を生きる私たちの真実でもある、と読んでいて気づかされる。たとえば子どもは、親の大事にしている食器を割っただけで、世界が終わるのではないか、いっそ終わってくれと願うほどの絶望を味わう。大人になってみれば、どうしてあんなに思い詰めたのだろうと不思議に思うが、子どもの絶望はほんものだ。

でも、それは子どもだけではない。成人した私たちも、生きていることをやめたくなるくらいのことに巻きこまれる。たいせつな人を失う場合もある。信じていた人に裏切られたり、拒絶されたりもする。仕事を失うこともあるし、犯罪に巻きこまれることだってある。食器を割るのとは比べものにならないほどの大惨事だし悲劇だけれど、でも、世界は終わらない。そして自分以外の人にすれば、どんな大事件も、肩代わりすることはできない。その重さを本当には理解することはできない。まして、世のなか全体にとっては、ひとりの身に起きる大事件は、皿を割ることとなんら変わりない、明日には忘れてしまうようなことだ。

私たちが生きている世界というのはそのくらい冷酷である。天候や天災が、私たちの都合など考えないように。

作者は、そういう世界で生きる人を描いている。小説のなかの人たちを、とくべつ扱いしていない。彼らひとりひとりの、個人的にはどん詰まりの大きな絶望を、「よくあることだ」と見なす世界を描いている。私たちが現実に生きているのもまた、そうした場所なので、その点において、特殊な状況下にいる登場人物にも私たちは入りこむことができるのだと思う。

それはひっくり返すと、ちいさな絶望を抱いたことのある、もしくは、抱いている私たちに、小説が近づき寄り添ってくれる、ということでもある。

友だちに話したらたいしたことないよと笑われそうな、でも深刻な悩みを抱えている私。人にはけっして言えないねたみを捨てさることのできない私。たいせつなものを失ったかなしみから立ちなおれない私。未来のことが不安で押しつぶされそうになる私。過去におかしたことの罪悪感から逃れられない私。そんな、ささやかで平凡で、でもそれぞれに特殊な生を生きている私たちに、小説は静かに寄り添い、ともにいてくれる。

気休めなんて言わない、なぐさめの言葉も言わない。それらのかわりに、私たちのそばに寄り添う小説は、ある瞬間に私たちを立ち会わせる。人が、ある何かを選択することによって決意する、その瞬間を、見せる。

「銃を撃つ」の少女は、元同級生と、バスのなかであることを決意する。「迷子」の小学生は、幼い女の子に声をかける決意をし、その女の子も別れ際に、本当のことを言うことを選ぶ。「虹の髪」の男性もまた、ある決意をしながら駅の階段を下り、「ピアノのある場所」の女の子も帰ることを自分で決める。「天使のおやつ」と「音符」それぞれの語り手の決意は、至極重い。しかし読み手は、この二つの決意のどちらをも否定できないし、善悪を断じることすらできない。「白い鳩」では、少年がバスを止めるよう声を出したとき、私にはそのちいさな決意がとてつもなく大きなものに感じられた。「自分の神様」の女性も、神社でお祈りをしたときに、もう心を決めてしまっている。そうして「クリスマス・プレゼント」の父親は、息子に贈り物をする決意のままに買いものに走る。

いくつかの重大な決意をのぞいては、選択、決意といっても、一見、人生の岐路を決めるようなことではない。バスを降り鳩を助けに向かわなくても、彼の明日は変わらない。ピアノを弾きながら、少女は、一瞬ねたんだことなどなかったことにして、友だちを待っていたってよかった。迷子らしき女の子に声をかけてもかけなくても、彼女を助けることは小学生にはできない。

でも、彼らは決める。しよう、と決め、しない、と決める。そうしてそれは、一見ささやかではあるが、人生をまさに左右する大きな決断ではなかろうかと、私は思うのである。

たとえば高校生が、ここで決意をしていなければ、その後はずっと、そのような人生になるだろう。自分の気持ちが一瞬らくになるほうを、かんたんなほうを、彼女は選び続け、そのような大人になるだろう。迷子に見えた女の子に声をかけなければ、小学生は、やっかいごとは見ないふりをし続けて成長するだろう。

登場人物たち、とくに子どもたちは、だれもそんなふうに考えて行動しているわけではない。何かを決めた意識もなく、なんとなくこちらにしようと選び取っているにすぎない。

大人の決意はもう少し、自覚的である。そして、彼らが為すのは、その後を決める類いの決断ではなくて、彼らが彼らとして生きてきた、その時点での決断である。だからそれは、どんな人になるか決めるのではなくて、どんな人になったかを示している決断にも思える。

登場人物の多くは、「向こう側へはいかない」という決断をしている。この場合の「向こう側」とは、よりかんたんなほうである。何かつらいことがあったとき、そのことの原因かもしれない人やものごとを、憎み、恨むことはたやすい。多くの人が同じことをやっているとき、何も考えずにそれに倣《なら》うことはたやすい。だれかが傷つくかもなどと仮定せず、心のままに行動することはたやすい。でも、それをしないと彼らは決める。だれかを憎むかわりにかなしみを受け入れることを、その他大勢に混じるのではなく、自分の頭で考えることを決めるのだ。

そんな彼らのなかにあって、「向こう側にいく」決断をする大人も、いる。それは、流されてそうするのでも、何かを放棄してそうするのでもなく、その地点まできてしまった自分自身を受け入れることに思える。その決意の先が、「深くて、まったく光の差し込まない、虹も見えない暗い穴」だったとしても。その決意もまた、善い悪いということとはまったく隔たって、彼らにとっては、よりかんたんではないほうである。

どっちにいくか。その分岐点は、私たちの人生にあふれかえるほど存在している。昼食に、蕎麦を食べるかピザを食べるか選ぶくらいのさりげなさを装って。

その選択をし続けることが、つまりは自分を生きるということなのではないかと、この小説を読んでいると思うのである。ひとつひとつ、こっちにいこうと悩んで選んで、その連続の先にいつしか私自身があらわれて、今度は、私自身しかできようのない決断を迫られていく。そのようにして私は私自身をまっとうしていく。いや、私自身をまっとうさせるために、決意し続けなければならないのかもしれない。この冷酷な世界のなかで。

九つの物語は、現実の私たちのひどく近くにきて、そんな重要な瞬間に、幾度も立ち会わせてくれるのである。

ここにおさめられている小説は、どれもちいさな子どもでもかんたんに読める平易な言葉で書かれている。だから、何かひとつ決めることの意味など、まだちっともわかっていない幼い子どもたちにも、私はこの本を勧めたい。彼らは成長し、選び取ることの意味に気づきはじめ、そうしてきっと思い出すに違いない。かつてとても近しい友だちが、ささやかで、でもとても重大な決意をした瞬間を。

（「新潮文庫」解説　2013・9）

## この世界に対するぎりぎりの希望

### 三羽省吾『厭世フレーバー』（文春文庫）

タイトルとカバーに惹かれて、発売されてすぐ、この本を書店で手にとった。著者の三羽《みつば》省吾《しょうご》さんに失礼を承知で書くけれど、読みはじめてすぐ、「もしかして昨今にはありがちな小説かも」と思った。第一章の若い男の子の口語的文体、章ごとに語り手が変わる構成など、そのころなんだかずいぶん多かった（私も書いています、すみません）。さらに、一章の語り手、十四歳のケイ、二章の語り手、十七歳のカナ、この二人のまとう家族へのちょっとした嫌悪、全身から漂う倦怠、というのも、そのころの日本現代小説でずいぶん読んだ気もして、「行き場のない若者」とか「豊かな時代の若者の寄る辺なさ」とか、そういうものはなんだかもう読みたくないな、と思っていた時期だった。それでも読みやめることをしなかったのは、この小説が、何かきなくさいにおいを発していたからである。これからとんでもないことになるぞ、と告げるようなきなくささが、かすかにだが、しょっぱなからずうっと漂っていた。

そうしてそのきなくささは、三章、二十七歳のリュウの語りで最高潮に達する。なんなんだ、このにおい。そうして四十二歳、薫の語る四章で、この小説は、いきなり本性をあらわす。爆発する。私は四章を夢中で読みながら、ふぬけたように泣き、そして面識のない著者の方に、心のなかで深く深くわびたのである。

ありがちかも、なんて思ってごめんなさい。どっかで聞いたような枕詞に分類しようとしてごめんなさい。百パーセント完璧に私が間違ってました。全面降伏で訂正します。

そうわびてから、五章、七十三歳新造の語りへとページをめくった。

本当に、とんでもない本だった。私は未だに、全章を読み終えたあとの衝撃を生々しく思い出すし、「ああ著者の人に悪いことを思った」と自己反省するし、一章からかすかに流れるきなくささを嗅ぎつけた自分の嗅覚を誇らしく思う。

解説を書かせていただけることになったので、この本を手に取った三年前の自分に向かって大声で言いたいことを、そのまま書こうと思う。

まず、この小説は家族小説の形態をとっているが、「家族小説」なんてちっぽけな枠におさまるような小説ではない。

全五章の語り手は、ひとつ屋根の下に暮らす家族である。長男が二十七歳のリュウ、長女が十七歳のカナ、次男は十四歳、ケイ。ある日、彼らの父親、宗之はリストラされ、それをきっかけに失踪してしまう。小説は、父の失踪後からはじまる。彼らの母、四十二歳の薫は夫の家出後キッチンドランカーと化し、母親業を放棄したように酒ばかり飲んでいる。宗之の父、三人きょうだいの祖父である新造七十三歳は、呆けはじめ、同じことを幾度もくり返す。

いちばん年下のケイは、陸上部をやめ、高校進学をやめ、働くと言い出す。母親はとんでもないと叱るが、ケイが何を思ってそんな決心をしたのかまではわからない。ケイはかたく口を閉ざしてその理由を言わない。が、彼はひとり決めている。父親がいなくなったのちの家族のていたらくにむかつき、家を出、自活することを決めている。

ケイから見る家族のていたらくとはつまり、酒びたりの母親、もうろくしておんなじことをくり返す祖父、夜遊びをしているらしく帰りが極端に遅くなった姉、そしていきなり父代わりといわんばかりに張り切りだし、口やかましくなった兄、である。

しかし読者は、語り手がカナに移る二章で、彼女が夜遊びで家に帰らないわけではないと知る。彼女は、高校生には不釣り合いなこ汚いおでん屋で、アルバイトをしているのだ。カナはつねづね「家族に対する違和感」を感じている。それには理由がある。カナは妻子のある宗之と、独身だった薫が浮気をしてできた子であり、つまりは自分の誕生によって宗之の前妻はリュウを残して家を出、まだ幼いリュウは母と引き離された。カナは自分の出現によってひとつの家族が壊れてしまったということに負い目を感じていて、それが今の家族への違和感となっている。そしてケイと同じく、高校を卒業したらこの家を出ていくと決めている。そのためのバイトなのである。

さらに三章で、私たちはリュウの抱える事情も知る。とうにひとり暮らしをしていた彼は、父親がリストラされるよりも前に仕事を辞めていた。彼は父失踪の知らせを聞き、家に舞い戻ってくる。そうして十五歳しか年の違わない継母、薫に、「月々二十五万円を家に入れる」というとんでもない約束をし、その約束を守るために、肉体労働のアルバイトをはじめる。そのお金が用意できず二進《にっち》も三進《さっち》もいかなくなったとき、彼は実の母親を頼る。

この家族、なんだかへん。そして何か、家族を描いていながら、単なる家族小説ではない気がする。三章まで読み進んで私はようやく思った。

そして手を引かれるように四章、薫の語りを読み、度肝を抜かれた。

四章では、この家族のこみいった秘密が明かされる。

薫と出会ったときにはすでに既婚者で、リュウという子どもまでいた宗之が、なぜ、薫と結婚することになったのか。カナの予想するとおり、宗之の子を妊娠したのが、離婚・再婚のきっかけなのか、そうでないのかを知る。ひとつ屋根の下に暮らしているのが、いったいどんな集まりなのかを、知るのである。

さらに、薫の回想によって、私たちはこの二十年ほどの日本の動きを見る。たとえば、薫が宗之に会ったのは、バブル経済を目の前にしていたころだった。日本じゅうがお祭り騒ぎのように浮かれ、過去や現在がふわふわと正体をなくし、地に足が着いていないような時代。このときの薫のありようも、どことなく地に足が着かず、現実味がない。そんななか、薫は出会うのである。過去と現在にしっかりと根をおろしているような、そして薫の現実味のなさをしっかりと現実に着地させるような男、宗之に。

とはいえ、宗之は男らしい男ではないし、責任感があるようにも思えない。元バンドマンで、「世界を救う」が口癖だけれど、同時に薫に向かって「ヤラして」とへらへらと言う。

でもこの男は、その口癖のとおり、あるちいさな世界をひとつ、救うのである。ちいさいけれど、確固たる世界。彼に救われなければ、存在もしなかった世界。バブルに浮かれる世のなかで、正義感からでも責任感からでもなく、「分かんねぇ」ながら、救ってしまうのだ。

でも、じゃあ、なぜ宗之は「救った」のか？　その応えは最終章、新造の語りに含まれているように思う。

四章でも私は度肝を抜かれたのだが、さらに五章、呆けはじめた宗之の父、新造がどうやら猫に語っている己の生い立ちに、さらにさらに驚かされる羽目になる。

大恐慌のまっただなか、二歳で裕福な他家にもらわれた新造は、十歳で太平洋戦争を迎える。読み手は、この裕福な家のひとり息子の名が祖父と同じ「新造」であることに違和感を覚えるが、しかし違和感を掘り下げて考える間もなく、巧みな語りに引きこまれていく。戦争の爆撃でその新造は亡くなり、そして彼の身代わりを申し出た祖父は、育った家を追い出される。十四歳のときである。縁者も知り合いもいない町に出て、がむしゃらに働き、一人前に好きな女も出来、彼は育った養家から義母が危篤という知らせを受ける。養家に戻った彼は、そこではじめて知る。ひとり息子であった新造の戸籍がまだあって、代わりに自分自身の戸籍がなくなっていることを。

私はこの五章を読んで、ようやく気がついたのだ。この作者は家族を書こうとしたのではない、ある家族を通して今の日本を書こうとしたのだと。私たちの暮らすこの場所が、どのような過去を背負い、どのようにして今に続いているのかを、歴史的事実という観点からではなく、ひとつの家族のかたちを借りて書こうとしたのだと。

ひとつの家族の語りの裏に、おもてだってのテーマにはされていないが、敗戦後から今へと続く時代の痕跡が描かれている。敗戦の焼け跡、死にものぐるいで働いた人々、高度成長期、バブル景気、バブル崩壊、不景気がだらだらと続く現在。それぞれの時代を生きてきた、新造、薫、リュウ、カナ、ケイ。家族の歴史は、そのまま私たちの生きる場所の歴史になる。

太平洋戦争で敗戦したのち、日本はそれまで連綿と続いてきたものを一度分断されたと私は思っている。それまで正しかったものがまちがったことに、まちがったことが正しいことに変わるという、大きな価値観の変遷は、それ以前の日本人のありようをぷっつりととぎれさせてしまったのではないか。爆弾や原爆で焼き払われたのは町ばかりでなく、精神的歴史でもあったのではないか。そして日本人は、そこからなんとか這い上がろうとした。焼き払われた町をできるだけ早く再建しようとし、焼き払われた価値観を新たに作り上げようとした。戦争を体験した異国の町を訪れるたび、私は日本を異様に思う。こんなにも早く戦争の傷跡をぬぐい去った町は、世界にひとつもない。がむしゃらに上を目指し、ゆたかさが幸福だと信じ、けれど皮肉なことに、ゆたかさは幸福とはイコールになるとは限らないと好景気に教えられ、そして今、絶望ではないが希望でもないといったような、何かのっぺりした場所で私たちは生きている。建物も町もおそるべき速さで再建されたが、精神的なものは放っておかれた。共通の価値観、宗教観というものを、新たに根づかせることはできなかった。

祖父、新造は、敗戦後ともかく生きるためだけに働き、戦後の復興がなされるころ、自分というものがこの世から消されていることを知った。彼は「須藤新造」という新たな役割を押しつけられたのである（まるで敗戦によって新たな価値観を押しつけられた、かつての人々のように）。新たな名前を受け入れた彼は結婚し、妻とともに養子をもらう。成長した子どもは、家出をくり返し、「自分の生に疑問を持ったり、他者の死を切迫した問題として考えたり、嘘や窃盗を生きる術として選択する必要のある時代は、我々の世代で終わったのだ」という新造の思いとは裏腹に、怒りながら笑い、人生に多くを求め、「世界を救う」と公言し、そして言葉通り、ちいさな世界を救う。宗之の二番目の妻、バブル期前後に青春を過ごした薫は、逃げることしか知らず、夫が失踪したというのに酒ばかり飲んでいる。けれど逃げながらも、義母の大切にしていた和風の庭に洋風の花を植え、義母亡きあとも手入れしている。

なぜ宗之は、薫と結婚したのだろう。なぜある世界を救ったのだろう。おそらく新造の、「自分の器を見誤ってはならない」、つまり「多くを期待したり、己の器を大きく見せようとしたり、器以上のものを求めたりするな」という考えに反発して育った故だろう。言ってみれば新造の過去が、宗之の（彼独自の）正義を作り上げた。

　そう思うと、新造の言う「我々の世代で終わ」るようなことなど、ないのだ。すべてはさまざまなかたちで受け継がれていく。宗之の失踪もまた、リュウ、カナ、ケイという三人の子どもたちに、影響を及ぼしていくのだろう。いや、今にも崩れそうなほど脆《もろ》かった彼らの関係が、ゆるやかに結ばれていくことこそ、すでにその影響なのである。正が正を生むとはかぎらないが、しかし負が負を生むともかぎらない。この小説は前者ではなく、後者をより強く主張していると私は思う。それは作者の持っている、この世界に対するぎりぎりの希望だ。

　この家族を形成している人々のほとんどが、実際の家族とは何かを知らない。血のつながった両親にごくふつうに愛されてきたわけではない。けれど彼らが形成したかたちのないものを、家族と呼ばずしてなんと呼ぶのだろう。作者が描くこの希望のなかに、私はちいさな、けれど頑丈な怒りをも読む。愛されなかったら愛することを知らないなんて、暴力を受けて育ったから暴力をふるうなんて、そんなかんたんな図式はまっぴらごめんだ、もっと闘え、負を正にひっくり返せ、私たちにはそういう力があるだろう、と作者は静かに怒っている。

今、という時代を思うとき、私は悲観的にならざるを得ない。だらだらと叫ばれる不景気、増加する自殺率、意味のまったくわからないむごい犯罪。町からは敗戦のにおいを完璧に消し去ったが、しかし精神面の立てなおしは放り置かれたままだ。今を生きる私たちが精神的な拠り所を持っているようには思えないし、一昔前の人々が感じたような共時代性も感じ得ない。価値観も、道徳観も、宗教観も、善悪の基準も、驚くほどばらばらで、それは今後、もっとばらばらになっていくように思う。分断された時代に生きているような、自分たちの根がどこにあるのかわからないような、不安定さをだれしもが感じているように思う。

でも、ひょっとしたらそうでもないのではないかと、私はこの小説を読んで思った。「今日日どいつもこいつも簡単に『殺したい』『死にたい』『逃げ出したい』などと口にするが、そんなもの儂に言わせれば厭世ごっこだ」

と、新造は言う。この言葉は強く心に響く。厭世ごっこをしている前に、知れ。私たちの生は今唐突に出現したのではない、連綿と続く膨大ないのちを、過去の時間を背景にして、そのひとつつながりの先にあるのだ。分断もされていないし、根がないはずがない。そう言われたような気がするのである。そして「今」に対する悲観的な気分が、楽観とは言わないまでも、大きく和らぐのである。作者が世界に対して抱く希望が、こちらにもじわじわと伝播《でんぱ》するのだ。
なんと馬鹿でかい小説を、この人は書いたのだろうと私は思う。

（「文春文庫」解説　2008・8）

## まっとうに生きるとはどういうことなのか

ヒキタクニオ『角』（光文社文庫）

そのデビュー作の衝撃から、ヒキタクニオという作家は、とてつもなく暴力的な世界を描く人だという先入観があった。それほどまでに『凶気の桜』の印象は強かった。けれど、この作家の著作を数冊読むにつれ、そんなことはないのではないかと思うようになった。この作家が描いているのは、つねに、ひとつの世界ではない。『凶気の桜』でも暴力のみを描いたのではない。この人の小説は、ある特定の世界を描きながら、複数の世界を、じつに慎重に描いている。だから、読み手の立場、興味、状況、感受性、経験、世界観などによって、ひとつの小説が無数に広がっていく。

その、無数に広がる小説世界に通底するものは何かと考えたとき、「まっとうさ」なのではないかと私は思う。この作家は、まっとうさとは何か、この世界でまっとうに生きるとはどういうことなのか、ということを、異様なほど多種多様な素材を用いて描いているように思うのだ。

本作『角』は、突拍子のない冒頭からはじまる。主人公麻起子の頭に、ある日突然、角が生える。私たち読み手は、目覚めたら虫になっていた男や、垂れ下がるほど長い鼻を持つ男をかすかに思い出し、これからはじまるのであろうシュールな物語に向けて、身構える。シュールなものとつき合うのは相応の覚悟が必要だからだ。

けれど小説は、私たちの覚悟を笑うかのように、じつに日常的に進む。突然の角の出現に驚きあわてながらも、麻起子は今まで通りの日常を送りはじめる。小説はあくまでも日常に寄り添い、シュールな展開になることはない。

麻起子の日常。都内でひとり暮らしの二十八歳。出版社の校閲部に勤め、同じ出版社勤務の山平という男性と交際をしている。にょっきりと出てきた角のことを、恋人以外だれにも話すことができず、かといって仕事を休み続けるわけにもいかず、髪で角をぐるぐると巻いて隠し、出社する。

麻起子という若い女性の職業が、「校閲」というところが、非常にこの作家らしい設定だと私は思う。

校閲という仕事について、詳しく知っている人は少ないのではないか。作家や記者、ときには編集者が書いた文章の正誤をチェックする仕事である。ものを書く仕事をしている私にとって、じつになじみ深い職業であるが、しかし私は校閲をしてくださっている人と、ただの一度も会ったことがない。校閲者はいわば黒子《くろご》の役割を果たしている。だからじつのところ、つきあいは長いのに、私も校閲という仕事について、あまりよくは知らないのだ。

小説やエッセイを書く。編集者に渡す。校閲の人がチェックするのは、誤字脱字だけではない。編集者はそれを校閲にまわす。内容のやりとりがあったのち、決定稿が出る。二ページ前では主人公は赤いシャツを着ていたのに、場面展開がないまま、ここでは白いブラウスを着ています、OK？という指摘から、この場面、八月にツツジが咲いています、ツツジは春先に花を咲かせますがOK？といった指摘などじつにさまざまである。歴史的事実の正誤から、アイドルや歌手名の正式名称から、マイナーな映画の公開時期から、なんでもかんでも彼らはチェックする。私などは、数字に極端に弱いため、「1980年に二十歳だった登場人物が、1999年に三十五歳になっていますがOK?」といったような、数字関係のチェックが異様に多い。

チェックを入れられるということは、書き手としては当然恥ずかしい。「そんなことも知らないのか」「こんな計算もできないのか」と言われているような気になるのである。だから躍起になって自分のほうが正しい、間違っているかもしれないがここは生かしたいのだと、校閲者のチェックにさらに意見を書き加えたい気持ちになる。

そういうことを私はしないが、一章に登場する小説家はまさに校閲者に闘いを挑んでいる（その気持ちはじつによくわかる）。

すべてを正しい日本語に書き換えてしまったら、その作家が文章を書く意味などなくなってしまうが、かといって、事実関係に間違いがあるまま世に出すわけにはいかない。じつに広く深い知識が求められ、なおかつ異様に神経をつかう仕事であるのに、校閲者が顔や名前を世にさらすことはない。

だから、書き手と校閲者は、直接顔を合わせず、紙の上だけでコミュニケーションをとることになる。書き手であるこちらに、見知らぬ校閲者の個性が見えてくることもある。この人、洗濯したシャツはお店の売り物みたいにきちーっと畳むんだろうなあ、とか、この人は他人の気持ちに敏感なやさしい人なんだろうなあ、とか、この人って小説というものを心から愛しているんだろうなあ、とか、この人学校でずっと委員長やってたんじゃないか、とか、この人ものすごく喧嘩っ早いに違いない、とか。大はずれかもしれないが、ゲラに書きこまれた文字で、こちらはそんなことまで考えたりする。というより、考えることが可能なのである。きっと、校閲の人も、この作家の部屋は信じがたく散らかっているだろう、とか、この作家はなんと負けず嫌いなんだろう、とか、この作家はじつはとんでもなく小心なのでは……などと、読者とは違う側面で作家個人を思い浮かべているに違いない。

紙の上でのコミュニケーション、決して姿をあらわさない陰の立て役者……思えば、校閲という仕事はじつに独特で、なおかつドラマチックだと思うのだが、校閲の世界を描いた小説というのはちょっと思い当たらない。そしてヒキタさんは、彼らが「おもてに出ない」からこそ、この世界を小説の舞台として取り上げたのだろう。「おもてに出ない」、つまり、一般的にいうところの地位とも名誉とも関わりない世界に対して、ヒキタさんは並々ならぬ敬意と愛を持っているように想像する。というよりも、わかりやすい地位や名誉というものに、侮蔑を抱いているように。

先に、ヒキタさんの小説は、ひとつの世界を描いたものではない、と書いた。まさにこの小説も、「角を生やしてしまった女の子」の話であると同時に、ヒキタさんの思うところの仕事論であり、小説とは何か？　という問いでもあるように思う。

突然角が生える前、麻起子は自分の日常に倦《う》んでいた。都会のひとり暮らしにも、仕事にも会社にも。現に角が生える前日は、学生時代の友だちと酒を飲みながら愚痴っていたのである。彼女の倦みの主たる原因は、（小説にはそうは書かれていないけれど）地味、ということに尽きるのではないか。恋人との安定した、故にぱっとしない関係、おもてに出ることはない地味な仕事、会社にいって疲れて帰るひとり暮らし。

コピー&ペーストのような毎日。これでいいんだっけ、こんなことをするために今までがんばって学校に通ってきたんだっけ。

そんな彼女の「地味な」日常は、角が生えて以降、変わる。劇的な変化ではないが、少しずつ変わっていく。日常も、日常に対する彼女の捉え方も。角の出現というだけでも大変化なわけだが、しかし彼女の日常の変化は、じつは角にはあんまり関係がない。この角、麻起子の感情の揺れとともに、熱を帯びたり、すっと冷えたりする。まるで角に感情の源があるかのように。

読み手は、麻起子の日常が、地味でも退屈でもなく、起伏に富んだ豊かなものであることに気づかされる。「日本語は我々潮光社校閲部が守る!」と豪語する上司の並木、ミステリー担当でげすな勘ぐりばかりしている山野辺、言葉遣いにうるさい朝倉、なんとなく人を見下している非常識編集者の小内田、真剣なのか不真面目なのかわかりかねるがとにかく厄介な小説家、保田。彼らとともに麻起子は言葉と格闘し、校閲とは、小説とはなんたるかを自問するように仕事をし、風変わりで個性の強い職場の人間と関わり合っていく。麻起子の角の秘密を全員で共有するように、家族でもない、友人でもない、クラスメイトでもない、職場でしか作り得ない関係が生まれていく。

作家との紙の上でのやりとりは、それがどんなに意義のある激しいバトルだったにせよ、記録されることもなく、印字されることもなく、従ってだれからも褒められないし、賞賛もされない。けれど仕事の肝《きも》というのは、褒められること、認められること、称賛を浴びることとまったく関係のないことがらなのであり、仕事のあとの爽快感というのは、そうしたものから得られるのではないと、この小説を読んでいると実感する。昨今、就職関係の雑誌のインタビューを受けたり、休職中の若い人の声を聞いたりするたびに、「生き甲斐」「やり甲斐」という言葉が、誤って使われているように私は思っていた。派手なこと、目立つこと、個性を生かすこと。そういった仕事でなければ、生き甲斐もやり甲斐も味わえないように思う人は、ここ最近異様に増えているのではないか。本当にそうか？　と、この小説は問うているように思う。仕事って、本当にそんな、お遊戯会みたいなことなのか？　と。

ここに描かれた「仕事」には、厳しさとやさしさがある。他人の目ではなく、自己の基準だけがある。お金という薄っぺらな価値ではなく、もっと豊潤な見返りがある。麻起子たちの校閲にも、保田の小説にも、等しくそれらがある。それらを総称して、誇りと言ってもいいのかもしれない。その言葉が大仰ならば、まっとうさ、と私は言いたい。そのもののあるべき、まともな姿。

はてこの小説、どう終わるんだろう。読み手としても、書き手としても気になりつつ読みすすみ、最終章で衝撃を味わった。この作家、なんてことするんだ、と思った。びっくりした。潮光社校閲部に、まるで自分が勤めているかのような愛着を感じていた私は、このラストに突き放されたような、放り置かれたような気分を味わった。

でも、このラストこそ、この作家の小説らしいのかもしれない。読後ずいぶんたって、そう思うに至った。ここから麻起子の新しい現実がはじまる。かなしいときも、怒ったときも、うれしいときも、もう角はアンテナのようにその感情を麻起子に伝えてはくれない。地味であることに倦んでいた、あのなじみ深い日常がまたはじまるのである。

さて麻起子はどうするのだろう。どのようにして、その「普通の」生活に対峙していくのだろう。読み手はそう考えることになる。そして気がつけば、それは麻起子という小説の主人公の問題ではなく、普通であることにときにうんざりしている「普通の」私たち自身への、鋭くもやさしい問いへと変化するのである。

（「光文社文庫」解説　2008・8）

# 5

# 忌野中毒

忌野清志郎『忌野旅日記』（新潮文庫）

夜桜見物をかねて散歩に出た。桜の花びらは雪みたいに流れて、あたりには人がいなかった。夜空には完璧にまるい月が出ていた。まるい、というコトバを人は月を見たとき思いついたんじゃないか。と、一緒に歩いている子が言った。きっと、まるい、というコトバがある以前から人は「まるい」ってどんなことか知っていたのだろうけれども、この完璧な満月を見たとき、うーんまるいとはこのことだと心から実感したかもしれない。そのくらいその夜の月は美しくまるかった。

そうして私は思ったのだった。似たようなことが私にもあった。十年近く前の夏、日比谷野音の一番後ろの席で、私は初めて「カッコいい」というコトバを知った。コンパスみたいに足を広げて飛び上がる姿や、不可思議な力を持った声や、そのとき目にしたものと耳にしたものすべてが、完璧にまるい月のごとくカッコよかった。生まれ落ちてからその人の歌を聴くまでの数年間、私の人生にカッコいいという文字はなかった。

それから十年近くたった今でも、私は飽きることなくその人の声を聴き続け、相変わらず野音で歌っていたその人はカッコよく、そういう意味で言えば何も変わらない。十年という歳月を考える。飽きっぽく忘れやすい私の中で何かが十年続く、というのは信じ難いことである。好きな作家は、といろんな人からよく訊かれるが、それだって二、三年でころころ変わる。十年続いているのは、何かを書くことと、忌野清志郎を聴くことくらいである。十年前の友達でさえ、疎遠になっているというのに。

あの夏の日以来、いつもいつもこの人の歌う声を聴いていた。一時間半の通学路で、終バスに乗り遅れた寒い駅で、授業を抜けてきた屋上で、夏の日比谷公園で、初めて独り暮しを始めた部屋で、あんまりよく聴いていたから、もうこの声は私にとってスイッチのひとつになってしまった。スイッチひとつで、私がそれらの歌に勝手に封じこめたいろんな過去が飛び出してきて、歌詞とごっちゃになって散らばっていく。過去を勝手に封じこめたのは私だが、しかしその点において私はこの不思議な声にものすごく感謝している。

記憶力が悪いのだ。気をゆるめていると何でも忘れる。大事なこともそうでないことも。

いちめんの菜の花畑で、目の前をのんきに牛が横切っていた。隣りには好きな子がいて、ぽかぽかと晴れていた。アイスクリームを食べてから暖かい芝生の上で私たちは眠った。目が覚めて車に戻り、テープをかけて話してるうち渋滞に巻きこまれた。

この色鮮やかな光景を、私はそのとき流れていたテープによって覚えている。ほーらもういっちょう、これはロックン・ロール・ショウ、ダダッダダッダダッ、というフレーズで思い出せるのである。このテープを男の子がかけたことに感心し、そのまま眠りこみ、目が覚めたとき目の前にとてつもなく大きな桜の木があった。こんな具合に、すらすら出てくる。嘘みたいな話だが、これが本当なのである。今し方かかってきた電話で待ち合わせ時間をメモし忘れて、もう何時か思い出せないくらいの私である。多分あのとき男の子がテープをかけなかったら、何一つ思い出せないに違いない。

ぼんやりとした暮しの中で、何気なくCDをかける。聞き慣れた声が飛びだしてきて、色とりどりの思い出があふれだす。校舎の屋上にカセットデッキを持っていって寝転んでいた。低い屋根と、建設中の東京ドームと、あのとき空を流れていた雲の感じまでも思い出すことができる。電車を下りて終バスを逃したときのあの愕然とした気分も、駅の寒さも三日月も、以前住んでいた部屋もそこを訪れた友達の顔も、とても多くのことが私の聴いてきた歌に詰まっている。

この不思議な声は、少なくとも私

にとって、非常に吸収力があるらしい。

こんなふうに物事を覚えていられるのは、シアワセなことだと思う。私の聴いてきたたくさんの歌は、悲しかったことや嫌だったことをどこかに置き去りにして、実際以上に美しく愛《いと》しい思い出だけを閉じこめている。だからこの人の歌を聴くと何となく私は大雑把にシアワセになる。ほっとする。こわくなくなる。どこにいても居場所がわかる。

どんなに貧していても必ずライヴに足を運び、今日は二センチくらいだったとかこの前の二倍はあったとか、今日はきちんと人型に見えたとか、それぐらい舞台の上のスーパースターは遠いわけなのだが、その人の声と自分は一直線につながることができる。自分の席から何かの拍子に後ろを振り返って、立ち上がったたくさんの人がばあっと目に入って、驚嘆しつつも、ああと納得したことがある。

年齢も服装もばらばらな人達が同じようにスーパースターを見つめている。彼等のもとにやっぱり歌は一直線につながっている。彼等がどんなふうにその歌を手繰《たぐ》り寄せているのかはわからないけれど、きっと私のように自分の過去を閉じこめている人も大勢いるんだろうなあと思った。とても寒い日のことや好きだった人のことやげらげら笑っていた日々やなんかを。それぞれの、シアワセな思い出を。それらすべてがコンサートホールいっぱいに広がり、たった一つの声に結びついている。何たる偉大なこと。

少しまとまった期間旅行に行くと忌野中毒が出る。ウォークマンを持ってくればいいのにいつも忘れたりなくしたりして、かならず後で後悔するはめになる。全然知らない言葉に囲まれて通りかかった店先から、たとえば「五百マイル」のオリジナルが聴こえてきたりすると、もう心が千々に乱れ飛ぶ。「五百マイル」をニホンゴで歌うあの声や電車の窓から見える景色やいろんなものがあふれだしてきて（その景色が実際のものなのか歌を聴いて私が勝手に想像したものなのか、だれの記憶なんだかわからないが）とりあえず泣いてしまいたくなる。

南の島に行ったとき、それは大層美しい島で、珍しく私は中毒にかからず友達と二人のんきに暮していた。どこに行っても大きな音でロックやレゲエを流していて、そのどれもが音質が悪く、ざあざあがりがりいわせながらボーカルが遠くで聞こえる。それが妙に心地よくて気分が良かった。ところがある日病にかかった。忌野中毒なんてものじゃなかった。本物の南洋の奇病にかかってしまった。まる五日間バンガローの中で寝たきり状態になった。

何ものどを通らず身体はやせていくし、診療所に連れていかれると床に人が寝ているわ天井からやもりが何匹も落ちてくるわ、言葉はわからないし、島に電気も通っていないし、何日たっても起き上がれないし、こりゃ確実に死ぬと、そのときは思った。友達が食事に出かけていくとひとりさめざめと泣いた。そうしては震える手でノートを持ち上げ、私が死んで友達が責められたら大変と、××さんはよくやってくれました、ありがとう、とか書いてはまた泣いた。夜も眠ったらそのまま死ぬんじゃないかとずっと目を開けていた。それでも不思議なことに、日本へ帰りたいとは思わなかった。ただ、缶コーヒーが飲みたく、素麺《そうめん》が食べたく、それからあの声が聴きたかった。

ちょうどバンガローの主一家が真新しいスピーカーを買ったようで、大騒ぎでスピーカーを設置し、それが終ると次々とレコードを出してきてはかけまくっていた。寝たきり状態で首を持ち上げ、私は彼等の嬉々とした様子をじっと凝視していた。よっぽどうれしいのかフルボリュームでレコードをかけて一家でスピーカーを見上げている。死ぬ死ぬ状態の私はひたすら恨めしく彼等を見つめていた。ボブ・マーリーが「Everything gonna be all right」と私の好きだった歌を歌ってくれても、それはあの英語のしゃべれない診療所の先生が繰り返す「ＯＫ　ノー・プロブレム」と限りなく似ていて私をただただ不安にさせ、うるせえとすら思った。

友達がほかの旅行者からウォークマンを借りてきてくれた。私はようやく聴きたかったあの声を聴くことができた。夢の中みたいにいろんなことを思い出した。菜の花畑のことも、冬の駅の寒さのことも、もっといろんな多くのことも。それからぽかんと思った。私はまだ何もやってないじゃんか。死ぬわけにはいかない。死ぬはずもなかろう。

もちろん、というかやはり、私はそれから徐々に回復していき、「××さんはよくやってくれました」の走り書きを後々見つけて苦笑するわけだが、その後見た忌野清志郎のライヴには感慨深いものがあった。聴き慣れた声は新しい歌を歌い、私はまた勝手にそれらを切り離して持ってきて、安心したりほっとしたりしながら、新しく続く今を埋めこんでいくことができる。きらきらと光の入りこむバンガローでやせ衰えた身体を見下ろし、死ぬ死ぬと泣いていた日々も遠くそれなりに美しく残っている。あのときウォークマンで聴いた歌とともに。

オーティス・レディングはもちろんマーク・ボランにも深沢七郎にもR・ブローティガンにも間に合わなかったけれど、忌野清志郎には間に合った。それは私の幸福だと思っている。

（「新潮文庫」解説　1993・5）

安心しろ。君はまだ大丈夫だ。
忌野清志郎『瀕死の双六問屋』（小学館文庫）

私は忌野清志郎氏の音楽を愛しているが、もし愛していなかったとしても、この『瀕死の双六問屋』を名著だと思うだろう。音楽とはまた別のところで、この人は、言葉の名手だとしみじみ思う。

理想郷である双六問屋で暮らしていた男が語り手のようであるが、しかし語り手はバトンリレーのようにどんどん交代していき、と思ったらまた双六問屋からきた男が顔を出して語りはじめる、といった具合に、ストーリーも筋もなく、随筆と小説の中間のようにして話はあちこちに拡散しながら進んでいくのであるが、不思議なことに、言葉が見せる光景というものがあり、それが、一貫している。

つまり、この人の言葉は詩なのだな、と思う。ふざけているようでも、怒っているようでも、馬鹿馬鹿しいようでも、説教のようでも、言葉のひとつひとつが詩になってしまっていて、だから、光景を見せる。小説は情景を見せるが、詩は光景を見せる。

イエーツだってブローティガンだってケルアックだってそうだ。忌野清志郎も、そうなのだ。

詩、といっても、詩という言葉が喚起させる小難しさは、この本にはいっさいない。どちらかといえばたいへんにおもしろい。作者はじつにサービス精神が旺盛なのだと思う。幾度もにやにやしたり、声をあげて笑ったりしつつ、読んだ。

作者は、しかつめらしい雰囲気が嫌いなのだろう。いつだって読み手を笑わせるが、しかし、そのなかに、はっとするような名言がいくつもあり、そのことに驚く。私は名言を見つけるたび、ページの端を折っていったのだが、気がつけば端を折りすぎて本が膨らんでしまった。

たとえばですよ。

「本当に必要なものだけが荷物だ」とか。

「どんな金持ちでも権力者でも朝が来るのを止めることはできないのだ」とか。

「中身をみがく方が大切なことなんだ。それは世界の平和の第一歩なんだよ」とか。

「右にどんどん行ってみろ。やがて左側に来ているのさ」とか。

「もう一度笑うためにはその前に迷惑をかけた人を笑わせてあげないとね」とか。

キリがないのでもうやめるけれど、本当にこの本にはどきっとするような本質をついた言葉が惜しみなく散らばっているのである。しかも、大上段に構えて書いてあるわけではない。そこがかっこいい。人は大人になると、あるいは年齢を重ねると、寿司屋の湯飲みに書かれているような標語を言いたくなるものだが、この本に散りばめられた名言の数々は、そんな薄っぺらな説教言葉と違い、実感がこもっている。借りものの言葉ではなくて、作者の芯の部分から出てきた言葉なのだろう。だから読み手は、はっとする。まったく知らなかったこと、知っているような気がしただけのことに触れて、ちょっとびっくりするのだ。そのような深い名言に打たれているうち、だんだん、

「まさか雨の日に洗車に行く人間はいないだろう」とか、
「ダンボールの中に薄い蒲団《ふとん》を一枚入れると意外とあたたかいんだぜ」とか、
「冷凍食品は解凍しようと努力すればする程カチンカチンに凍っていく」とか、
「それはイギリス産のとても甘いオレンジなのさ」とか、
「もうちょっとこのままズルズルと夜ふけにビールを飲んでもいいだろう」とか、

キリがないからこれももうやめるけれど、もうなんでもかんでもが、意味深な一言に思えてきて、気がつけば一言一句漏らさないように、読んでいる。それにしてもこの人の言葉というのは本当に、この人にしか書けない言葉で、これらの一行ですら世

界観を作るその特異な手腕には、ちょっと嫉妬を覚えるほどだ。

ともあれ、それらの言葉に、にやにやしたり、はっとしたり、感動したり、ときに嫉妬したりもしつつ、読み手はやがて気づくであろう。作者が、言葉を変え表現を変え、たったひとつのことを言い続けているのが。考えてみれば、そのたったひとつのことを、この人はもう何十年も、音楽という方法で言い続けているようにも思える。

作者が言い続けているそのたったひとつのこととは、至極まっとうで、かんたんなことだ。なのに、世のなかはどんどんそこからずれていく。非まっとうへとまっしぐらに突き進んでいく。そのことに作者はたびたび怒っているし、呆れているし、失望しているが、しかし、絶望していない。なぜならこの人は、ずっと歌を作り続けている。本当の本当にこの世界に絶望したのならば、忌野清志郎はもう歌を作らないだろう。彼が絶望していない、ということに、私は心からの安堵を覚える。

この本のなかにはこんな文章がある。

「安心しろ。君はまだまだ大丈夫だ。ぜんぜん平気のへーザだ。へっちゃらもいいところさ。なにしろ俺がここにいて、君と同じ時間を生きているんだぜ。こんなに心強いことはないだろう。よし、ＯＫだ。」

これはそのまま私の気持ちである。忌野清志郎が、絶望せずこの世界にとどまっていて、そして文章を読ませたり、歌を聴かせてくれたりするのだから、大丈夫。私は本当にそう思っている。世界はまだまだ馬鹿げた事件や、終わらない闘いに満ちていて、理想郷の双六問屋がどんどん瀕死状態になっていくように思えたりもするけれど、でも大丈夫、いつか双六問屋は生き生きと蘇《よみがえ》り、その記憶を持っていたとしてもいなかったとしても、私たちはそれぞれの双六問屋にスキップで帰れるときがきっとくる。そんなふうに、思うのである。

では双六問屋とはなんぞや。それは、この作者の言葉を読んで、人が思い浮かべる光景のことだと私は思っている。

先に、この人の言葉は光景を見せる、と書いた。その、見えてくる光景というのは、人によって違うだろうと思う。私たちは自分の体験に見合ったものしか見られない。自分に見合った体験しか持たない私たちは、いくら近しい人とでも同じ光景は見られない。けれど私は思うのだ、その個々のもっているなかの、もっとも美しい光景を、私たちはこの人の言葉の向こうに見るのではないか。私たちの思い描く、自分に見合った美しい何か――それがつまり、私たちの共有しえるパラダイス「双六問屋」なのではなかろうか。

（「小学館文庫」解説　2007・9）

# 私たちの知らない世界

大竹伸朗『カスバの男　モロッコ旅日記』(集英社文庫)

この『カスバの男』ではじめて私は大竹伸朗《しんろう》という人を知った。無知な私は、この偉大な芸術家のことなど何も知らずこの本を手にとり、即座に引きこまれ、夢中で読み耽《ふけ》り、読み終えてすぐさま、モロッコ行きの航空券を買いに走った。四年ほど前のことである。

旅行代理店のカウンターで、「モロッコいきたいんです。一カ月のオープンチケットください」と勢いこんで言うと、応対した店員は、「おひとりでいかれるんですか」と訊く。そうです、だって一カ月なんてだれもいっしょに休んでくれないじゃん。すると店員、まじまじと私を見て、「モロッコ、想像されてるところと少し違うかもしれませんよ。女性がひとりで旅するには向かないと思うし、お見受けするところあなたは旅慣れているようには見えないから、一カ月の自由旅行というのはあまりおすすめできませんが……」と、言うのである。

旅慣れているかいないかはともかくとして、旅行代理店でこんな忠告をされるのははじめてで、ムッとしつつ内心かなりびびった。そんなに危険なのか……チケット屋がチケットを売りたくないと言うくらい……。

「でもいくんです」内心の不安を押しつぶすように私は大きな声で言った。「どうしてもいくんです」

そう、どうしてもいかなきゃならなかったのだ。だって、『カスバの男』を読んでしまったから。

結局、というか、当然のことだが、店員はそれ以上何も言わず、航空券を売ってくれた。くれぐれも無理はなさらないように。お気をつけて。と、執拗にくりかえしながら。

その数週間後、ミラノを経由してカサブランカに向かう飛行機に私は乗っていた。そうしながら、ちょっと自分でもびっくりしていた。こんなこと、今まで一度だってなかった。旅は好きだが、何かの本を読んで、読み終えるなり即座にその地に向かうなんて、あり得ない。たとえばベトナムで開高健の『輝ける闇』を読むとか、中国で金子光晴の『どくろ杯』を読むとか、そういうことはある。今目の前にある光景と、かつて作家の言葉で書かれた光景を、そうしながらすりあわせ、時間を攪拌させ、共通して浮かび上がるものを捜す、というようなこと。けれど今私がしているのはそういうことではない、言葉と絵で描かれた光景の断片を、この目で見るために飛行機に乗っているのだ。

『カスバの男』には、そんな魅力がある。これは旅行記としても読めるし、創作日記としても読めるし、また、異国の夢日記とも読める。スケッチも水彩画も写真も入っている。「どんなふうに」読むかという規定を、作者は行わない。だから読み手は、「どんなふうに」などとお行儀よくページをめくることができない。作者が異国の地で見て、感じたもの、そのままを、ざぱーんと頭から浴びせられる。

大竹さんは、まるで目と手がいっしょになったような文章を書く。見ることと書くことのあいだに、よけいなものがいっさい介入していない。本人は本書で「見てから写しとるまでのズレ」についても言及しているが、おそらく、そのズレをも含めて書いてしまう。だからときおり、妙ちくりんとしか思えない言葉が平然と出てくる。たとえば彼はこう書く、

「プラスチック製台所ザル四隅チョコバー固めの技には、僕もうなったきりタンジールの日差しがイエロー脳髄を直撃した。その直後メガネツル45度斜め倒立技がコメカミに入る」

五、六歳の子どもが、道ばたでお菓子や眼鏡を並べて売っている様を描写した文章で、こうして抜き取るとなんのことだかわからないが、しかし前後の文章のなかにこれがばちっと入っていると、見えてしまう。読み手のイエロー脳髄も直撃され、コメカミにも入ってしまうのである。「わかってないのだがいたくわかっている」物売りのガキどもを、並んだ商品を、その色彩とそれらが作るちいさな影と、路地にさしこむ太陽の光と埃《ほこり》くさい空気を、瞬時に五感で理解してしまうのである。

見ることが、書くことを制限していないのもこの作者の特徴である。見ることと書くことがひどく近しいとき、当然個人の視界には限界があり、同時に書くことも限られてくる。けれど大竹さんは、相反するものを同時に見ている。微細なものと、とらえきれないほど巨大なもの。瞬間と永遠。辟易《へきえき》するくらい俗的なものと、この世にはあり得ないうつくしいもの。それらはひょっとして、ぴたりと輪を閉じる同じものなのではないかと本書を読みながら幾度も考えた。

ポットにとまる蠅の描写で、読み手は未だ知らぬモロッコの空気を吸いこむ。アラビア歌謡の切れ端の描写で、読み手は人々がかつて作り上げてきたありとあらゆる音を聴く。金をせびってくる体臭のきつい男の描写で、読み手はしょぼくてみみっちく、けれどたくましい、世界じゅうどこにでもあり、また自身の内にもあるに相違ない人聞くささを見せつけられる。眼下に広がるフナ広場の喧噪の描写で、読み手は、宇宙規模に大きな視点から見下ろす、点である自身の姿に触れることができる。

作者のその、微細から巨大へ、巨大から微細へうねうねと変化する、昆虫のような化けもののような視線を追ううち、読み手は少なからず脳味噌をシャッフルされるような混乱を覚える。よけいなもの——先入観や知識や常套句なんかが、シャッフルされるうち読み手の頭からもすっぽりと一掃され、私たちはただ、ここと異なる場所を純粋に見たり、感じたりすることができる。

私がなぜ本書を読み終えてすぐモロッコ行き航空券を買ったか、ということと、それは関係している。

本書には、モロッコに思わずいきたくなってしまうような、すてきなエピソードも美辞麗句もない。多くの人に親切にされたなんてこともないどころか、金、金、ガイド、ガイドとまとわりつく男たちの姿が、こちらもうんざりするくらい出てくるし、モノクロ写真が映し出すのは、崩れたゴミ箱だったり、路上の割れた卵だったりする。少なくとも、モロッコってこの世の天国かも、なんて感想は抱かない。けれど私が猛烈に彼《か》の地に惹かれたのは、たぶん、作者が「生《なま》」を描いたからだ。私がいることとは異なる場所の本質を、じつに生々しく描いていて、私はその「生っぽさ」を実際に体で感じたかったのだと思う。ひょっとしたらそれは、その地にいるよりこの本を開いたほうがよりリアルに感じられるのかもしれないと、薄々思いながら。

本書を読んでいてじつに興味深かったのが、作者がなんにでも素直に驚くことだ。驚く、というのはじつにシンプルなことだが、だいたいにおいて大人は驚かない。大人にとって知らないことはすなわち恥だし、驚くことは知らなかったということを暴露する。

以前、モンゴルのツーリストゲルに泊まっていたときのこと。夕刻になって日本人の中年グループがやってきた。バスから降りてきてゲルにチェックインした彼らは、おもてに出てきて、あたり一面の景色を眺め、スケッチをはじめたり写真を撮りはじめたりしたのだが、なにがびっくりしたって、彼らはちーっとも驚かないのだ。目の前に広がるのは三百六十度、なんにもない平原である。本当になんにもない。はじめて見たならばちょっと呆然としてしまうくらいのなんにもなさ。それを前にして、彼らはのどかに言い合っている、長野の空気ってこんな感じよね、私はどこそこの生まれだけど子どものころ家のまわりはこんなんだったわ、馬がいる、なんだかふつうの馬よりちいさいな、トイレはちゃんと水が流れたわよ。などと。それを聞いていた私も、なんだか長野の牧場にいるような気分になった。ここは長野の牧場だ、と思うと、果ての果てまでなんにもない景色が、手に負える一景色になるから不思議である。

彼らのような発言は、世界各国の観光地にいくとよく聞くことができる。じつに多くの大人は、十六世紀の城が目の前にあるのにガイドブックに目を落として「あの部分は琥珀《こはく》でできている」とうなずいているし、六世紀に描かれた壁画を前にして「我が国にある何々と似ている」と卑小化する。別段悪いことではないと思うけれど、驚くことってたいへんなんだとしみじみ実感する。なになになに、あんなの見たことなーい、と、大人は驚いていられないのである。

だから作者が、大人であるにもかかわらず驚いていることが興味深く思えたのだった。作者はしょっちゅう驚いている。感心し、うなり、ときには街角のポスターに嫉妬を覚えたりもしている。本書を読んでいると、ものを創ることに対する作者の誠実さ、厳しさ、敬虔《けいけん》さに気づかされるが、それはそのまま、世界に対する作者の立ち方でもあるんだなと思う。手に負えないくらいばかでかく、不可思議なものに満ちた世界と、がぶり四つに著者は向き合っている。なんて信頼がおける場所に、なんて堂々と立っているのだろうと、思わずにはいられない。

さて、ほとんど衝動的にモロッコに飛んだ私だが、着いてすぐ、『カスバの男』を持参してこなかったことに気づいた。あの本の目線に惹かれてここへきたのだから持ってくるべきだった、持参していれば作者の目線を追って歩くことができたのに、と悔やんだ。けれど、数日のうち、持ってこなくて正解だったと思い至った。

たとえば本書に出てくるジャルダン・マジョレールやタンジールの海岸通りをおぼろげな記憶をたどって私は歩いたが、大竹さんが書いているのは大竹さんの目から見える世界であり、逆に言えば彼はかんたんに目に入ってくるものをほとんど書いていない。たぶん、本書を持ち歩きその通りに歩いたとしたら、私には何も見えなかっただろう。私は私の目で見てモロッコを歩いた。大竹さんよりかなり狭く、かなり卑近で、かなり短絡的で、かなり奥行きのない視線のまま。それでも、この本を読んでからきてよかったと幾度も思った。『カスバの男』が描き出す、凝縮された本質に、そここで触れることができたから。腕にとまる蠅や、壁に描かれたデッサンのへんなミッキーマウスなんかを通して。

モロッコの旅から四年たった今『カスバの男』を読み返してみても、私はやっぱりこの場所にいきたいと思う。今すぐチケットを買いにいきそうになる。けれどいかないのは、ここに描かれているのはモロッコでありながらモロッコではないと、私はすでに知っているからなんだと思う。大竹さんが描いたのは、私たちの知らない世界だ。

そこへいくチケットはどこにも売っていない。この本を開くしか、そこへ足を踏み入れることはできないのだ。

（「集英社文庫」解説　2004・7）

## がんばれ、どうってことないから

高野秀行『アジア新聞屋台村』（集英社文庫）

高野秀行さんは、常人にはなんだかよくわからないものを求めて、世界じゅうの辺境をさまよい歩いている人だ。だれもしたことのないこと、いや、だれもしたいとも思わないようなことばかりを、率先しておこない、その様子をノンフィクション作品として発表している。この『アジア新聞屋台村』は、その高野さんによる自伝的物語である。

語り手であるタカノ青年は、タイについてのコラムを書いてほしい、という依頼のわりには奇妙な電話を受け、それが縁で、エイジアンという不思議な会社の編集顧問として働くことになる。

エイジアンというこの会社、劉さんという、子犬のような若い台湾人女性が社長である。社員やアルバイト、ボランティアのスタッフは、インドネシア、韓国、台湾、タイとアジア各国から集まった面々で、国際電話プリペイドカードの販売営業や、外国人相手の不動産斡旋などもしつつ、タイ語やマレー・インドネシア語など、五カ国の言語で新聞も発行している。

とはいえ、その新聞作りは、学級新聞とほとんど変わらないほどの杜撰《ずさん》さ。編集顧問となったタカノ青年はそれに呆れつつ、同時に魅力も感じつつ、「エイジアン」というカオスのなかに次第に深く身を投じていく。

作品に登場するすべての人が、じつに魅力的である。タカノ青年が惚れこんでしまったのと同様に、私たち読み手は、劉さんという、あるときは子犬のような、あるときはやり手婆のような、あるときは姫のような女の子を好きにならずにはいられない。エリート一家出身で自身もじつはエリートであるインドネシア人のバンバンさん、クールそうで乙女の心を秘めている韓国人女性朴さん、敬虔なムスリムであるアブさん、アブさんと漫才コンビのようなやりとりをするミャンマー人マウンさん。それればかりかほんのちょっとしか登場しないミャンマー人、三島さんとその夫までもが、忘れ得ない人になってしまう。

じつにあくの強い彼らひとりひとりを、作者は、彼らの出身国をきちんと背負わせて描いている。彼らの個性は、ひとりひとりの個性でありつつ、その国の個性でもある。だから登場人物がこれほど多いのに、読み手は混乱することがない。しかも「ああ、タイ人のじつはお金持ちのお嬢さん、プイちゃん」といった具合に、その人と出身国とぼんやりした生い立ちが、分かちがたくセットになってすぐに思い浮かぶ。しかも、それぞれの人柄ばかりか、彼らの一部を確実に形成したその国のありようにも、魅力を感じずにはいられない。作者は（その政治背景ですら）あまりにもさりげなく書いているから、つい夢中で読み進めてしまって気づきにくいけれど、こんなふうな書き分けは、それぞれの国を頭ではなく体で知っているこの作者だからこそやってのけられることなのだと思う。くわえて、作者の、その国に対する理解と愛があるからこそ。

とはいえ、作者はそれぞれの異国をただ愛しているだけではない。一歩引いて、「あちゃあ」と思うところもきちんと踏まえているし、私たちとどうしたって相容《あいい》れない部分があることも認めている。いわばクールな愛である。ムスリムのインドネシア人バンバンさんと、中国系インドネシア人アンジェリーナさんの反目が描かれた箇所がある。それぞれの言い分を聞いていると、私などはつい「外国の人は自国の政治や歴史についてきちんと意見を持っていてすごいなー」と思ってしまいがちだが、作者はそういった安易な受け取りかたも無条件の敬意も抱かず、「単に個人的に気が合わないだけかもしれない」と、さらりと書く。子犬のような劉さんが「私は台湾独立を支持してる。ここは日本よ。私は負けない!」と息巻くときも、さすが日本人と違い愛国心にあふれていると感心したりしない。それが彼女の動物的勘にもとづく策略ではないのかとクールに眺めている。

もともと異国に強い興味があり、だれもいかないところにいき、だれもしないことをして、だれも書かない本を書く、をモットーとしたタカノ青年は、そもそも四角四面の日本人社会とは相容れないところがある。彼にとって、だから他言語同様カオス渦巻くエイジアンは、ある意味パラダイスになる。彼らの常識のなさ、いい加減さ、好き放題さを、単純におもしろいと感じる。昼食時、それぞれの弁当から立ちのぼるさまざまなスパイスの香りのように。

けれど時間の経過とともに、おもしろがることのできたさまざまに、苛立ちも覚えはじめる。あまりにも常識が異なり、また、あまりにも彼らが折り合ってくれないからだ。

この感覚はおそらく、長期の旅や、移住することと似ているのではないか。はじめて訪れたその場所の何もかもが、最初はただ好もしく、おもしろい。けれどそれが日常となってしまうと、おもしろいと思う気持ちが麻痺し、その場所の欠点ばかりが気に障《さわ》る。欠点、というのはつまり、日本という国の慣習や常識を背負った自分と、異なる場所、異なる人々の、どうしても埋められない差異なのだが。

タカノ青年がいかに日本的常識から外れていようと、いかに突飛な旅の経験があろうと、やはり彼は、エイジアンのなかでは「日本」という国の個性を内含した存在なのである。

が、そんなタカノ青年も、新たにあらわれる「黒船」的存在、さらに正しく日本的な、できる男、桜田さんの前では、やっぱり日本人というよりはアジア人、いやエイジアン人となってしまう。桜田さんは、システムを作らないエイジアンのなかで、どんどん新聞作りをシステム化し、経理を秩序立たせていき、そうしていつしかタカノ青年から、編集顧問の肩書きは剝がれ落ちてしまう。

ここから物語は、ラストに向けてぐんと力強くなる。五年もの歳月をエイジアンと関わったタカノ青年が、急激に成長していくのと比例して。物語から放たれる強烈なスパイスの香りと、文化祭前夜のようなお祭り騒ぎにすっかり魅入られてしまった私としては、ラストはちょっとさみしくもあったけれど、でも、タカノ青年の後ろ姿が冒頭よりずいぶんと大きくなったことに、気づかざるを得ない。同時に、読み手である私自身、無意識に自分に課していた「こうしなくてはならない」から、解き放たれたようなすがすがしさを感じていることにも、気づかされるのである。そう、エイジアンのはちゃめちゃな面々は、タカノ青年だけでなく、読み手である私たちをも成長させてくれるのである。

私は子どものころからくりかえし、人間は平等と言い聞かされて生きてきた。ある程度の年齢以下は、みんなその言葉を聞かされてきたのではないか。もちろん、今の子どもだって当然のようにそう教えられているだろう。

大人になって異国を旅するようになって、ひとつ、気づいたことがある。私たちの国では、平等と共通が同義になってしまっている、ということだ。個性をのばせなどと言われるわりには、みんなと違うことをしても褒められたりはしない。ある小学校では、運動会のかけっこで、一位二位と決めないと何かで読んだことがあるが、それはつまり、一位にもびりっけつにも価値があるというよりは、みんながおんなじであることに価値がある、ということではないか。かくいう私も、「人間は平等」を「人間は共通」にすり替えて無条件に信じていた。だから、異国を旅して驚いたのである。あまりにも違うから。常識も慣習も、価値観も善悪感も。このとき私ははじめて気づいた、平等と共通は違うのだ、と。同じだと思うと何もかもがうまくいかない。わかってもらえると無防備に信じ、わかってもらえないと傷つき、どうせ同じだからと相手のこともわかろうとしない。みんな同じと信じるあまり、壊しようのない壁ができる。ひとりひとりがまったく違うと思えば、わかってもらうこと、わかることに全身全霊をかける。わかってもらえないことに怒ったりはしない。

本書を読んでいて強く思ったのは、そのことだった。ただの観光客としてではなく、世界各国を旅する作者は、人がみな違うことを体のぜんぶで知っている。だから、カオスと化したエイジアンをまるごと受け入れ、たのしむことも、苛立つこともできる。

けれど本書がすばらしいのは、そこではない。その一歩先を作者は見つめているのである。みんな違う。同じことに価値なんてない。でも、それでも、人は通じ合うことができる。その違いなどものともせず、真に関わり合うことができる。その関わり合いの結果が、つまるところ、タカノ青年がラストで立派に身につけた「エイジアン人としての誇り」なのだ。

二〇〇六年、本書が刊行されてすぐ読んだとき、私はある雑誌でこの物語をすばらしい「青春ストーリー」と書いた。今、そのことを申し訳なく思う。もちろん青春物語として読むことも可能だけれど、そんな括《くく》りにはおさまらない大きさが、この物語にはある。異文化とは何か、それと折り合うとはどういうことか、ひとりで立つとはどういうことか、わかり合うとはどういうことか、日本とはどういう国か、国民性とは何か……抱腹絶倒必至のこの物語には、じつに深いことがらがいくつも埋めこまれている。

とくに、本書の刊行から三年後、経済はいっこうに好転せず、職に就くのはますますむずかしくなり、しかも派遣社員が窮地に立たされているという現在の状況のなかで読み返すと、至極説得力のある仕事論にも読め、何かこの物語は未来を予見していたような気がしないでもない。そうすると、あらためて本書は新たな意味を持つ。がんばれ、と言っている。エイジアンに属する、癖のあるひとりひとりが、今の時代と、今の時代を生きる私たちに向けて。力んで言っているのではない。へらへら笑いながら、脱力して言っているのだ。がんばれ、どうってことないから。だって私たちを見てごらん。こんなふうにだって生きられるんだから。こんなときだって笑えるんだから。

会えてよかった、と思う。エイジアンの人々にも、この物語にも。

（「集英社文庫」解説　2009・3）

## ああ、食べたい

東海林さだお『ホットドッグの丸かじり』（文春文庫）

我が家の至るところに、東海林さだおさんの「丸かじりシリーズ」がある。洗面所にも風呂場にも、ベッドサイドにもトイレにも台所にもある。仕事場にもある。三十冊近くあるうちの、どれを読んでどれを読んでいないかもうわからない。ベッドに寝転がり、風呂に浸かり、鍋をかきまわしては、ぱっと開いて開いた箇所を読む。未読の箇所だと、「おー」と思って読む。既読の箇所でも、「読んだ読んだ、これおもしろかったなあ」と再読してしまう。私は東海林さだおさんの絵も書き文字も好きで、ぱっと目に入ると、幼なじみに会ったような気分になる。

最初に「丸かじりシリーズ」を読んだのはいつだったのか、もう忘れてしまったが、そのときはなんとおもしろいエッセイなのだろうと思った。思ったからこそ、次々と買い漁るに至るのだが、しかしそのときは単におもしろい、おもしろいとただ読みふけっていた。

「丸かじりシリーズ」はどんどん出て、私はどんどん買って、そして丸かじり歴四、五年ほどのあるとき、私は急に、東海林さだおさんのことをコワイ、と思ったのである。「丸かじりシリーズ」はおもしろいだけのエッセイではない、と、全身で気づいてしまったのである。

そのとき同時に私はとある疑惑を抱いた。東海林さだおさんって、じつはものすごい食通で、ワインの銘柄なんかにも詳しくて、毎日毎日、庶民がとてもいけないような高級レストランで食事をしているのではないか……でもそんなことはいっさいおくびにも出さず、庶民である私たちにつき合うように、豚カツや、ラーメンや、湯豆腐や、お新香のことなどを書いていてくれるのではないか。高級レストランや海外のレストランにおもむいたとき、びくびくしたとわざと書いていてくれるのではないか。

この『ホットドッグの丸かじり』にも鯛《たい》茶漬けのレシピがのっているが、ほかの本にもそれはいろんなレシピがのっている。塩らっきょうや、ラーメンスープや、クサヤまで。私は実際にいくつかを教わったまま作り、ちょっとびっくりした。かんたんで、おいしかったからである。そして思ったのだ、こんなにおいしいものを自分で作ってしまう人の舌はさぞや肥えているに違いない。それによくよく読んでみれば、作者の舌が的確で厳格で、その的確と厳格をうまく隠しながら文章にしていることが読みとれる。この人が、私が日々食べているような立ち食い蕎麦《そば》やカツ丼や、よもやジャンクフードを、日常食べているはずがないのではないか、と疑問を抱くに至ったのである。

私たち読み手はひとり残らず、「丸かじりシリーズ」を読み「そう、そう、そう」と膝を打った経験があるはずだ。打つなというほうが無理なのだ。本書でも私は五十回くらいみずからの膝を打った。今まで考えたこともない、いや、考えはするが言葉にはしなかった食べものへのあれやこれやが、まったくかたちを損なわず文章にされたとき、あるカタルシスを覚える。それが「そう、そう、そう」であり、膝を打つという行為となってあらわれる。この、だれもにカタルシスを覚えさせてしまう作者の観察眼はいったいなんなのであろう。この観察眼、洞察力は、鋭いというよりも、もはや過激であると私は思う。

その過激な観察眼と洞察力をもって作者が書くのは、徹底して地味な食べものである。ちらし寿司やロールケーキや肉まんやナポリタンといった、だれもが知っている、だれもが食べたことのあるもの。ときに豪華なものも書かれるが（本書では三千円のお好み焼きであり三千円のラーメンである）、「えー、そんなの本当にあるの？　おいしいのそれ？」というような私たちの胸の内を、きっちりと代弁してくれる。もしかして三千円のお好み焼きを毎日食べているかもしれないのに、である。おいしいものを食べると、だれもがなんとなくにやつく。おいしいものを食べながら怒ることはむずかしい。この作者の書くものは、そんなおいしいものと似ていて、読んでいるだけでそこはかとなく満たされた気持ちになる。それは作者が、食と私たちの幸福な関係を見せてくれるからではないか。ふだん何気なく食べていて、それについてとくに何か思ったりしないのに、じつはどれほど地味な食べものでも、私たちと密接なつながりがある。当たり前すぎて気づかない愛がある。そのことを発見し、書かれた食が愛しくなるのだと思う。本書に書かれた桃缶やウイロウや、ナポリタンやちらし寿司の、なんと愛しいことだろう。「ああ、食べたい」と、写真や実物を目にしたわけでもないのに、思う。

しかも、「丸かじりシリーズ」は一年や二年の連載ではないのである。二十年以上も、作者は私たちに寄り添い、笑わせ、膝を打たせ、しあわせな気分にし続けている。すごいを通り越して、コワイ。畏怖すら覚える。

考えてみれば、この二十年、食は波瀾万丈だった。八〇年代の後半から九〇年代にかけては好景気の絶頂で、すさまじい種類の食が氾濫し、だれもがグルメ気取りだった。一転、好景気が終焉を迎えると、B級グルメがブームになって、一気に価格破壊。

ほどころころ変わる。

その後、スローフードがはやったこともあれば、オーガニックがはやったことも、ロハスなどという言葉が登場したこともある。食と私たちの関わり方や求め方は、驚くほどころころ変わる。

その食激動の二十年、この作者の姿勢は一貫して揺るがない。はやりにのって美食家ぶることもない、健康志向になることもない。しかも、ときどきそのときの流行を揶揄《やゆ》してくれる。「丸かじりシリーズ」を通読すると、食における時代の変化がじつによくわかる。たとえば本書には「百円うどん」が登場する。私もこのチェーン店ができたときはもの珍しさに足を運んだものだが、今、我が家の近隣にあったその店はなくなっている。もちろんこのチェーン店自体がなくなったわけではないが、しかしあの勢いは失われているのだと思う。あと数年後、本書を読み返し私たちは「あったなー、百円うどん、並んで食べたなあ」と、なつかしく思うのではないか。そういう意味でいえば、このシリーズは私たちの風俗史でもあると思うのだ。

東海林さだおさんをコワイと思ってから、私はおそるおそる、全「丸かじりシリーズ」の目次をざっと計算してみた。私は極端に数字に弱いので、間違っているかもしれないが、ほぼ千に近い。この作者は千ほどもの食について、書いているのである。千。食材でも料理でも、千も思いつく人がいるだろうか。私だったら百も思いつかないだろう。古今東西、食べものについて書かれた随筆は多い。日本の作家でも、池波正太郎や山口瞳や開高健が食についての随筆をまとめている。けれど千はない。なぜないか、といえば、単純にそんなには思いつかないからだろう。

千編もの食に関する随筆を書き、私たちの膝を揃って打たせる。これはどんな偉業なのか、とつくづく思う。コワすぎてふるえるほどである。

この作家はコワイ、と思ってからというもの、私は家の至るところに置いてある東海林さだおさんの本を読むときに、背筋をぴしりと伸ばすようになった。敬虔な気持ちで読むようになった。そうすると、今までは思いもしなかったことを思うようになった。

たとえば私には「ウイロウ」という題目で、原稿用紙何枚かを埋めることができるだろうか。「ふりかけ」で何か書けるだろうか。万が一、書けたとする。書けたとして、何人を笑わせることができるだろうか。何人の膝を打たせ、何人にカタルシスを味わわせることができるだろうか。

そんなことを思うと、伸ばしていた背がじょじょに丸まってくる。とてもできない、という結論にしか至らないのだ。

本書に収められている随筆ではないので申し訳ないのだが、『タケノコの丸かじり』のなかに、「白湯《さゆ》の力」という一編がある。私はこの一編を読んだとき、なんの誇張もなく打ちのめされ、そして未《いま》だに、打ちのめされたままでいる。

この作家は白湯について、あんなになんでもないシロモノについて、今まで私たちが白湯に対して漠然と思いながら言葉にしなかった気持ちを、すがすがしいほど書きのめしてくれるのである。

言葉を扱うということの、凄みというか、覚悟というか、そういうものを私はこの一編に感じて打ちのめされた。「白湯」、ただのぬるいお湯について書こうという姿勢、書いてしまう力、読み手を深く納得させる魅力、これは全「丸かじりシリーズ」に通底している。私はそうしたものに憧れてやまない。

背筋を伸ばして読み、読んでいる最中に背をしょんぼりと丸めてしまう私であるが、しかし気づけば、背を丸めたまま「ふはははは」と笑っている。どれだけこわがろうが、どれだけすごいと思おうが、どれだけ打ちのめされようが、やはりこの作者の書くものは、するりと私たちの内側に入りこんで、脇腹をくすぐってくれるのである。そして「ふははは」と笑いながら、思うのだ。

いいのだ、私がウイロウについて書けなくとも。いいのだ、ふりかけについて、白湯について私が書けなくとも。だって東海林さだおさんがいるんだもん。このすごい人が、書いてくれるんだもん。私はただ、その幸福を噛みしめつつ、畏怖しながら、「ふはははは」と笑いながら、膝を打っていればいいのだ。

（「文春文庫」解説　2008・11）

## わけのわからない人間が多すぎる

北尾トロ『裁判長！ここは懲役4年でどうすか』（文春文庫）

半年ほど前のことである。夕食を終えテレビを見ていたら、いきなり消防車とパトカーのサイレンが鳴り響きはじめたことがあった。何があったのかとベランダから下の通りを見てみると、なんと、通りは何十メートルにもわたって消防車とパトカーの列。そして黒山の人だかり。しかも全員、私の住むマンションを見上げている。そんなところへ私が顔を出したものだから、ほぼ全員の視線が私に集まった。私に向かって手をふる人もいる。何が起きているのかさっぱりわからない。

ひょっとしてマンションのどこかが火事になっているのかも、とあわてて部屋を出た。するとなんということ、マンションのエントランス一帯に、キープアウトの黄色いテープがはりめぐらされ、警官が何人も立っている。

事情をさぐるべく部屋を飛び出し、マンションのあちこちでせわしなげにうろつく刑事や警察の様子を観察するも、だれも私の相手などしてくれない。エレベーターで乗り合わせた地元のお巡りさんに「何があったかわからなくて、こわくて部屋にいられない」と大げさに訴えたところ、人のよさそうなお巡りさんは事情を教えてくれた。なんでも自宅マンションの自室に放火した男が、そのまま私の住むマンション屋上に籠城しているらしかった。

私はもう一度外に出ていって黒山の人だかりに混じり、自分ちの屋上が見えるかどうか目を凝らしてみたが、なんにも見えない。人だかりの人々は何を見ているのか、といえば、じつはなんにも見ていなかったのである。ただみんながそこに立ち止まって見上げているから、同じ方向を見上げているだけだった。しかも、ざわざわと知らないもの同士会話する内容を聞いていると、だれも何が起きているのか知らない。自殺じゃないの？　自殺だってよ。ええ、火事でしょう？　焼身自殺だって……というふうに、口から口へ、どんどんへんな方に話は進んでいく。ああ、さっきベランダから下を見下ろしたとき、みんな私が自殺すると思ったんだなあ、だから手なんかふっていたんだなあ、と思いつつ、「違うんですよ、自室に放火した人が今……」と、知らない人相手に私は熱心に漏れ聞いた真相を伝えていた。数時間後、籠城男は無事保護され、夜中には人だかりもパトカーもキープアウトもみんな、なくなった。

事情はわかったけれど、詳しいことはなんにもわからない。籠城男はなぜ自室に火をつけたのか？　なぜ私の住むマンションの屋上に向かったのか？　なぜそこに籠城したのか？

私は至極単純に、翌朝の新聞に出ていると信じて疑わなかった。だから翌日は早起きして、隅から隅まで新聞を読んだ。もちろんそんな事件は出ていなかった。

ああ、こんなに近くで起きた事件の内容を、私はこの先絶対に知ることがない。そう気づいたとき、ちょっと唖然とした。その絶対は、本当の絶対なのだ。知りたいと願ったところで、どうにもならない。

けれど考えてみれば、新聞の一面を飾るような事件ですら、私たちに本当のところはわからない。絶対にわからないと私は思っている。週刊誌の記事を私は信じていないし、新聞ですら、概要は伝えられるがその奥の本質までは踏みこめない。私は事件もののノンフィクションが好きで、昔からよく読むのだが、どんなに優れたノンフィクションでも、どんなに膨大な資料に基づいて書かれていても、やっぱり「わからない」一点がある。それを私たちは、わかったような気になって読んでいるのである。なぜなら、絶対にわからないことはこわくてしかたがないから。

せんじつめていけば、その事件は起こした当人にしかわかりようがない、ということになってしまう。

本書を読んでいて、はっと思ったのは、その当人の声を聞くことができるのだ、ということだった。絶対にわからないことの、その絶対を突き崩すことはできないまでも、絶対の鍵穴から向こうをのぞくことはできるんだ。限られた人だけではなく、だれにでもにそれは許されていることなんだ。

著者は、裁判なんてなんにも知らないまま、雑誌の連載をはじめるにあたって裁判所に向かう。むやみやたらに傍聴をくり返していく。裁判所にいったこともなく、やはり裁判について何も知らない私は、だから著者といっしょに、初歩の初歩から裁判を「見て」いくことができる。

恥をしのんで告白すれば、私はずっと、裁判というのは単純に被害者と加害者の闘いなんだと思っていた。そうではない、とこの本で知った。そして、裁判というのはものすごく論理的に進んでいくものだと思っていた。そうではない、とそれもこの本で知った。

著者に手を引かれ、本書を通じて裁判所の門をくぐった私は、ページをめくるごとに、その世界の奥の深さを思い知らされ、そのたびになんだか気が遠くなった。検事も弁護士も当然のことながら私たちと同じ人間であり、であるからこそいろいろ個性を持っていて、やる気のない人もいれば前歯のない人もいるし、はたまたドラマのような切れ者もおり、さらに裁判官という人たちも同様に人間であるのだから、ギャラリーが多ければ白熱するし、早く帰りたいときもあるし、え、そこまで、というような説教をはじめたりもする。

著者はそれを、ときに揶揄しながら、ひたすらにじーっと観察している。事件の大小にかかわらず、また事件の悲惨さに引きずられることなく。この一貫したクールな観察力が、裁判というものが暴く人間くささを見事に伝えてくれる。被告人の風貌、着ているもの、話し方、話の内容、弁護側の証人の様子、話と声音をまずじっくりと眺め、弁護士と検事の言葉の応酬の裏を著者は見つめる。そうしてタイトル通り「ここは懲役4年でどうすか」と、みずから判決を推測するまでに至る。

それにしても世のなかには本当にいろんな事件があるものである。著者は裁判所に通った二年間で、お受験殺人と呼ばれた音羽幼児殺害事件や、タバコ屋の老女二人をはじめ四人を殺害した男の事件、オウムの麻原など、だれもが知っている大きな裁判も傍聴している。しかし著者がもっとも興奮して書いているのは（そのように見えるのは）、事件の内容にかかわらず、その場に人間性がどうしようもなく露呈してしまうような裁判である。裁判所に通ううち、著者は傍聴マニアを通り越して、人間マニアというべきものになったんだろうと想像する。

本書を読んでいて思うのは、わけのわからない人間が多すぎる、ということである。わからないのは事件ではなく、人間なのである。

たとえば、第十一幕で取りあげられている、一九九八年に起きた女性刺殺事件。女性の元交際相手が、ふられた腹いせに彼女の殺害を友だちに依頼した事件である。この、利用された友だちが何を思っていたのか、さっぱりわからない。裁判の席で、他人事《ひとごと》のように「やったのは自分ではなく友だちである」とくりかえす被告人もわからないといえばわからない。

それだけではない、子どもがいながらくりかえしドラッグに手を出す女性。三人でつまみとビール十九本の無銭飲食でつかまった、所持金ゼロの男性。入院中の老女の家に三カ月無断侵入し続けたホームレスの女性。いったいどうしてそんなことになるのか、わけのわからない人ばかり出てくる。

この、人間のわけのわからなさは、おそらくふつうに暮らしていて出会える種類のものではない。もちろん、友人や家族だって理解できないことはたくさんある。けれどそのわからなさは、想像の枠内におさまっている。だから私たちは社会という他人だらけの世界でなんとか暮らしていける。ところが本書に出てくる人々のわけのわからなさは、想像の枠をはるかに超えている。一と一を足したら二になる、という図式から大きく外れている。「うわー、どうしてそうなるんだろう」と、著者とともに幾度も頭を抱えたくなった。

著者はこの日常ではなかなか出会えない「わけのわからなさ」にいっぺんに魅せられてしまったのではないか。

では裁判にかけられる人々、なんらかの罪を犯してしまった人々というのは、日常を生きる私たちと徹底的に異なる人種なのか、私たちは裁判とはまったくの無関係でいられるのか。というと、そうでもない。著者はそういうふうには書いていない。著者が観察しているのは被告人や証人だけではない。個性ゆたかな裁判官や検事や弁護士もまた、人間マニアである著者の対象なのである。裁判所でなければ見ることの叶わない人間の一面、というものがたしかにあるのだと思わざるを得ない。

興味深いのは、裁判光景だけではなく、その周辺も著者が「傍聴」していることだ。喫煙所にくる被害者や被告人の家族、裁判所の門前に集う人々、毎回のように顔を合わせる裁判マニアの顔ぶれ、意味不明な「掃除の達人」たち。裁判光景に負けない濃さが立ちこめている。人間マニアの著者は彼らをもじっくりと観察し、ときに話しかけもする。

最後まで読み終えると、何か「人間の業」を突きつけられたような印象を持つ。たとえば著者は、被告人の服装も細かく観察して分析している。人を死なせておいてドクロマーク入りの服を着る気持ちはどうしたって私にはわからないが、しかし、その人はそうとしかできないんだろうなあ、と妙に納得してしまうのである。そこで場の雰囲気を読み無地の服を着ることができれば、この人は被告人席には座っていなかったのではないか、と思ってしまう。それは事件の当事者ばかりではなく、たとえば門前で何十年も抗議行動をしている人も、仕事の合間に裁判を見にこずにはいられない人も、ギャラリーの多さに俄然ハッスルする裁判官も、そうして裁判所にはいったこともない私も、選択肢が無数にあったとしても選ぶのはじつに自分にふさわしいひとつなのだろう。そしてなぜそれを選ぶのか、他人には、いやひょっとしたら自分にも、けっして理解できないことなのに違いない。

わからない事件の鍵穴から向こう側をのぞいても、そこに見えるのはやっぱり人間のわからなさ、なのかもしれない。しかし同じ「わからない」でも、前者と後者はまったく異なる。鍵穴の向こうの人間のわからなさこそが、ひょっとしたらその事件の本質と言えるのではないか。

近く日本は裁判員制度を導入する。いつか私たちのところにも、裁判員の役割がまわってくるようになるのだろう。多くの人が困惑するに違いない。私はずいぶん前からそのときを想像して困惑していた。だからこの本に会えてよかったと思う。

裁判というものが、私たちと遠くかけ離れた異世界のものではないと伝えることで、この本は確実に困惑を目減りさせてくれるはずである

（「文春文庫」解説　2006・7）

## 想像をはるかに超えた暗い場所

### 河合香織『帰りたくない――少女沖縄連れ去り事件』(新潮文庫)

四十七歳、無職の男が、十歳の少女を連れまわし、逃亡先の沖縄で逮捕された。その後児童相談所に引き取られた少女は「家に帰りたくない」と言ったという。

この事件は、その奇妙さで、マスコミにずいぶん取り上げられたらしい。けれど私は本書に出合うまで、その事件のことをちっとも知らなかった。二〇〇七年、私は単行本で刊行されたばかりの本書『誘拐逃避行』(単行本時タイトル)を書店で見かけ、迷わず買った。まるで小説のような事実に驚き、読みやめられなくなった。読後のぼうっとした気持ちを、今も覚えている。

「帰りたくない」、少女のその一言に、この事件の奇妙さが凝縮されている。果たして、逃亡を企てたのは男なのか、それとも少女なのか。それぞれの背景にはいったい何があるのか。マスコミが飛びついたのと同様に、だれしもが事件の真相に興味を持つだろう。もしかしたら著者の河合さんも、最初は私たちとまったく同じそんなシンプルな興味で、この事件を知ろうとしたのではないかと、失礼ながら想像する。そうして著者は、思わぬ深みへとどんどん手を引かれていく。私たちもまた、ページを手繰ることで、著者に誘われ想像をはるかに超えた暗い場所に、連れていかれることになる。

著者はまず、拘置所に勾留されている四十七歳無職の男に手紙を書く。返事はこないかもしれないという予想に反し、彼、山田敏明から返信があり、結果、その手紙の数は千三百枚以上にもなる。

私は当初、男と少女のあいだにあったものはれっきとした恋愛なのではないかと思った。恋愛にルールはない。作家マルグリット・デュラスは六十六歳で三十八歳年下の青年と恋仲になった。十歳の少女と四十七歳の男が本当の恋愛をしたって、なんの不思議もない。そこにある問題は道徳ではなく、未成年者略取誘拐など人間が作った法律でしかない。

が、彼、山田が語る三十七歳差のいっぷう変わった「恋愛」には、きなくささがつねについてまわる。そのきなくささの原因は、山田の冗舌である。半端ではない量の手紙は、やがて自身の生い立ちを語る言葉で埋められていく。著者は山田に面会にまでいくのだが、そこでもまた、彼は手紙と同様に、大量の言葉を放つ。

そうして私たち読み手は、著者が通い続けた公判において、山田自身の手紙や言葉からは決して見えてこなかった、衝撃の事実を知らされることになる。そうして私たちは気づかされるのだ。二人の奇妙な関係が、何か美しいものであってほしいと無意識に思っていた、自身の願望に。

この事件が、そんな生やさしく甘っちょろいものではないことがわかったとき、私たち読み手はやはりそうだったのかと落胆し、少女を連れまわした山田に対しあらたな憎しみを覚える。けれどその憎しみよりももっと強く、ある疑問を抱く。

それならば、いったいなぜ、少女めぐは、そんな男と行動を共にしていたのか?

最初、刊行されたばかりの本書を読んだときには、事件内容と、次々に明らかにされていく事実があまりに衝撃的で思い至らなかったのだが、本書はじつに考え尽くされた巧みな構成で成り立っている。もしこの構成が少しでも異なっていれば、読者のうち何人かは、山田の恋愛感情が歪んだものであったとわかった時点で、事件にたいする好奇心を満足させてしまったかもしれない。この奇妙な事件の真相を、わかった気分になってしまったかもしれない。テレビや週刊誌でこの事件を追うのと同様の、そんな軽い心持ちでもって。著者は、そうさせないために慎重に構成を組み立てたのではないか。

いったいなぜ、少女めぐは、そんな男と行動を共にしていたのか？　沖縄で身柄を保護されたとき、なぜ彼女は「帰りたくない」と言ったのか？　著者は、この問いを本書の後半になって私たちに投げかける。そこにこそ、この事件の本質はあり、そこから先にこそ、山田の歪んだ欲望よりももっと暗く深い迷路が広がっているのである。

私は評論家ではないので、「すぐれた」という表現はできないが、実際の事件を扱ったノンフィクション作品で、心にはりつくように残るものには、共通点があると思っている。それはたとえていえばブラックボックスの存在だ。

どんな作品であれ、著者は、事件の背景を知るために取材を重ねていく。周囲の人々や、ときには当事者にまで会いにいって話をし、事件の核心に迫っていく。が、いかに核心に迫っているかということが、そのノンフィクションの良さではないと私は思っている。そこで何があったのかを知らねばならない書き手は、どんなにベテランの作家であっても、かならずブラックボックスにぶち当たる。なぜこのような事件が、なぜそのタイミングで起きてしまったのか。なぜその人が、なぜそのような行動に出てしまったのか。その「なぜ」を、著者は永遠に解明することができない。そこにブラックボックスがある。時代、時間、人々、背景、会話、天気、感情、生い立ち、記憶、そうしたものをぜんぶ並べてみても、イコール事件の真相にはならない。それらをみんなブラックボックスに放りこまないと、事件の真相はあらわれない。そうしてそのブラックボックスの中身は、どんなに緻密な取材を重ねた著者にも、わからないのだ。

事件に人間がかかわっているかぎり（事件は人間が起こすものではあるが）、その人間にしかわかり得ないブラックボックスというものは存在する。書き手は取材をいくら重ねてもそのブラックボックスにいき着くし、読み手もまた、そこにブラックボックスがあると知らされる。書き手も読み手も、けんめいに考える。そのブラックボックスでいったい何が起きたのか。考えることに、意味があるのだと私は思う。

テレビを見ていると、自身の言葉を持たないコメンテイターは、このブラックボックスを説明しようとするとかならず「心の闇」といったような、キーワードと化した安易な言葉を使う。そういう言葉を使うことで、その事件を、その事件を起こした人を、その事件が持つブラックボックスの中身を、わかったような気に自身もなるのだろうし、私たちもなったように錯覚する。結果、私たちは何も考えることなくその事件を忘れ、またべつの、それよりもさらに刺激の強いものに目を見はり、また「心の闇」でわかったように錯覚し……と、それは延々くりかえされる。その錯覚は、私たちはそれと無関係だと思わせる。自分は心の闇とは無縁だと、心の闇という特殊な何かを持った人が事件を起こすのだと、思わせる。

本書を読んでいると、著者の河合さんは、まるでそのブラックボックスと格闘するかのように取材を進めているように思えてくる。まさに体当たりの取材で、ときどき私は「そんなことをしたら危ないのでは」「そこまでいってはいくらなんでも」と、間近で見ている知人のようにはらはらした。その結果、著者はこの事件に関わったほぼすべての人たちから、生の声を聞いていることになる。

山田の冗舌については先に書いたが、著者が対話を試みた多くの人は、驚くほど冗舌である。もちろん、幾度も足を運び、彼らの重い口を開かせ、語らせたという著者の技の故でもあるのだが、でも、私の感じる「冗舌」さは、言葉数とは少々異なる。それは、先にきなくさいと書いた、山田の冗舌さとどこか似ている。

もちろん私は、著者と対話しただれもが、山田のように自己正当化のために冗舌になっていると言いたいのではない。私が驚くのは、ここに登場し、語るだれもが、「ストーリー」を持っていることにたいしてだ。

たとえばめぐの実の母、紗恵である。著者に会うことを拒み続けてきた彼女は、最後に、閉ざしていたドアを開け、著者と対面する。そればかりか、深夜営業のファストフード店で、午前三時まで語る。自身が抱えてきた孤独について、男性へのトラウマについて、我が子めぐへの思いについて。そのどれも、じつにわかりやすい構図になっている。親から愛されなかったから、自分も愛することができない。ひどい目に遭わせた男に似ている子どもだから、めぐを愛せない。すべてに因と果があり、彼女の言葉にブラックボックスは、一見、ない。

さらに、めぐの祖父、紗恵の父親も、短くだが、やはり語っている。彼が語る児童養護施設にたいする怒り、警察への怒りもまた、一見整合性があるし、まっとうなものにも思える。彼らの言い分が間違っていると、いったいだれが言えるだろう。

そうして私がきなくささを感じ、不気味さを感じ、ブラックボックスの存在を感じるのは、彼らの一見つじつまが合っている、冗舌な語りなのである。彼らは彼らのストーリーを語り、そうして著者が書き記すとおり、そのストーリーにまぎれこんでいる矛盾に気づいていない。それは、山田その人の言葉ともそっくり同じなのである。ここにこそ、ブラックボックスが存在する。著者は、当事者たちの言葉を明らかにし真相をさらけ出すことによって、どうにも理解のしようのない「ねじれ」を描き出すことに成功したのだと私は思う。彼らはだれひとり自分が間違っているとは思っていない。そうして実際間違ってはいない。もちろん私たちが高みに立って、この人の言いぶんは身勝手だ、間違っている、この人がいちばんの加害者だとシンプルな正義をふりかざして言うことはできる。けれど本書は、そうはさせない。事件というものは、だれかの明確な間違いから生じるとはかぎらないことを本書は告げるのである。

先に、心に残る事件ノンフィクションは、ブラックボックスを抱えている、と書いた。それはなぜかといえば、考えさせるからだ。読み手がその事件について、どうしてもわからない「ねじれ」について考える、そのとき、私たちはその事件と無関係ではなくなる。事件を起こした人たちが単に特殊な人たちで、私たちはそういうものと一線を画した場所で生きているのだという愚かな錯覚をせずにすむ。考えることによって、無関係でなくなることによって、次の事件の刺激でその事件を忘れるといったような麻痺から逃れることができるのだし、そのことが、つまるところ「今を生きる」ことなのではないかと私は思う。

本書もまた、心に残るノンフィクション作品になるだろう。彼女の体当たりの取材によって、私たちは深く考えさせられることになるのだから。あとがきにもあるように、加害者はだれで、被害者はだれなのか。少なくとも、発端のところではだれも何も間違っていない。生きるために闘い、生きるために逃げた。その途上で出会った二人の、奇妙な逃避行について、私たちは考え続ける。考えることで、この不可思議な事件に私たちもまた立ち会い、立ち会うことによって忘れるということがない。人間というもののある在りようについて、おそらくずっと、考え続けることになる。

（「新潮文庫」解説　2010・6）

# 彼女が指さす先

星野博美『のりたまと煙突』（文春文庫）

星野博美さんの新刊を、書店で見かけるたび私は手にとっている。すべて、といえるかはわからないが、たいがいの著作を刊行直後に読んでいる。星野さんのファンといっていいのだと思うが、ファンだからなんでもかんでも読みたい、という気持ちとはちょっと違う。私は星野博美という人の、目線の先をいつも追いたいのである。この人が今、どこを見ているか。そこを見据えて、何を思っているのか。それを、知りたいのである。

なぜ、知りたいかといえば、この作者の目線はそれほど独特で、誠実でまっすぐであり、そのことをひたすら押し隠そうと文章はしているが、鋭く厳しい。とはいえ、斬り捨てるだけの鋭さではなく、追及するだけの厳しさではない。その鋭さと厳しさは、私にとって希望と同義である。見えてしまう、ということは、対処の仕様があるからだ。絶望は、見えない、見ないことにこそある。

作者が見据えているものは、その本によってさまざまである。自分の暮らす町を見ていることもあれば、過去に旅した異国を見ていることもある。けれどすべてに共通しているのは、見据えているものの先に必ず「今」があるということだ。私たちが生き、呼吸している「今」を、彼女の目線と言葉はさまざまな角度からあぶり出す。ときに滑稽に、ときに容赦なく。

この『のりたまと煙突』では、作者の目線は過去へ、現在へと自在に行き来している。ひとつひとつ独立した随筆でありながら、連続した時間が本書には流れていて、だから、壮大なひとつの物語のように読める。作者の目線が紡ぐ物語である。

読みながら強く思うのは、生きることは失うことと同義だ、ということだ。日々を過ごしているだけで私たちは何かを失う。失わない人生はあり得ないのだ。

本書に流れる時間のなかでも、多くのものが失われる。作者と深くかかわったたくさんの猫たち。親しかった友だち。幼い時間をともに過ごした親戚。すれ違うだけのようなあいだがらだった知人。人ばかりではない。親戚が大勢いるにぎやかさ、だいじだと思っていたモノ、毎日見ていた光景、そういった有形無形もまた、失われていく。

一般的に、人は失うことをマイナス、かなしむべきこととととらえ、得ることをプラス、よろこぶべきことととらえている。私たちは失うことを極度におそれている。だからだれも、生きることはイコール失うことだと言い切ったりしない。失うこともあるが得ることもあるとか、失ってはじめて得るものもあるとか、そういうふうに言ったり描いたり思ったり、自身に言い聞かせたりする。

けれど作者は「生きることは失うこと」と言い切ることをおそれない。失うことをかなしんでいないということではない、失うことと向き合おうとしているように、私には思える。だから、本書には至るところに「死」が描かれている。たまたま遭遇した野良猫の死。人の死を悼《いた》むために置かれた町角の花束。祖父や親戚たちの死。愛猫の死、飼い猫がとらえる小動物たちの死。記憶の底に沈んでいた、かつての友人の死。

ここに描かれる死は、光景の隙間からゆらゆらと立ちあらわれる幻のようであるのに、ひどく生々しい。人を泣かせる小道具としての死でも、人を成長させるための死でもない。猫の死体からは血が流れ、漁師だった親戚の腕には（溺死したときの身元確認のための）入れ墨があり、作者は愛猫の死の責任に苛《さいな》まれる。大家のおばあさんがある日とつぜんいなくなり、その後、奇妙な張り紙が一日だけ貼られるという随筆があるが、死そのものを描いていないのに、驚くほどリアルに、永遠の不在という死を描きだしていて、鳥肌立ったくらいである。

ここに流れる時間は、作者がものごころついてから今現在までで、それはちょうど、昭和から平成へと元号が変換した時間である。その時間の流れのなかでは、昭和という元号とともにやっぱりさまざまなものが失われている。死、というのが、もっとも大きく失われたものではないかと、本書を読んでいて私は思った。

私は作者と同世代なので、光景の記憶に共通点が多い。もちろん個々の差はあれ、作者と私の知っている昭和は質・量ともに、ほとんど同じだと言っていいと思う。その昭和には、死の気配がもっと濃厚だった。道路で轢《ひ》かれて死んでいる野良犬や野良猫を見ることは多かった。大人たちは本気で死をおそれ、忌み嫌っていた。霊柩車を見たら親指を隠せと子どものころは言われていて、そのくらい死は縁起の悪いものだった。

成長するにつれて、道ばたに転がっている動物の亡骸《なきがら》を目にすることはなくなった。テレビから流れる悲惨なニュースはつねに前日のそれを上まわり、眺めていると死に対する感覚がどんどん麻痺してくる。そこへきて「泣ける」ブーム。泣ける小説、泣ける映画、泣ける漫画ではいともたやすく、そしてうつくしく、人は死ぬ。死臭のない死である。死は、腐臭のしない、蛆《うじ》のわかない、こちらをこっぴどく傷つけることはない何ごとかに、昭和から平成にかけてゆっくりと巧妙にすり替えられてきた。これからもますますそうなるだろうと思う。私たちは縁起の悪い、ずっしりとした、おそろしい死の生々しさを失ったのだ。

作者はそのことに抗《あらが》っているように、私には思える。死を描くことで、記憶のなかの光景に死やその気配をすべりこませることで、死をラッピングされた生鮮食品のように扱うことを断固として拒否しているように思うのだ。生きることで私たちはどうしようもなく何かを失う、でも、時代が失うものを無意識に手放させられることはご免被《めんこうむ》りたい。作者は、無意識・無自覚に時代にとりこまれることを、いつだって拒否している。私たちが時代に生かされていることを承知しつつ、それでも、自分で考え、自分で見、自分の足で立つことを、この作家はいつも意識している。時代が忘れていこうとすることを忘れまいとしており、時代が捨てようとしているものを両手でしっかりとつかみ続けようとしている。そんなふうに、私には思える。

先に私は、本書を読んでいると「生きることは失うことと同義」と実感すると書いた。けれど、喪失の連続を実感させる本書は、読み手をかなしい気持ちにはさせない。ああ、失うことしかないのだと、絶望的な気持ちに追いこむことはしない。

それはおそらく、作者が、失うことがマイナスで得ることはプラスだという単純な思考を持っていないからだ。

失うことは、マイナスでもプラスでもなく、何かを持っていたという証である。いとおしむべきたいせつな何かを、確実に私たちは持っていた。その何かは、私とともに在ることによって、私自身を変容させた。失うことでいくら泣いたっていい、自分を責めたっていい、でも自身の内の変容は、他者（ときに動物、ときに光景）とかわったことによって生じた変容は、消えることがない。そのことを私たちは知らなければならない。その「持っていた」証拠、自身の変容こそが、あとがきで作者のいう「宝物」なのではないか。私たちが平等に持ち得る、もっともすばらしいもの。

だから、人も猫もどんどんいなくなっていく本書を読み終えて、私が感じるのは、喪失感ではなくゆたかさなのである。

作者と同世代の私は、自分なりの昭和から平成にかかる変化とは、人が減っていくことだとつねづね思っている。作者も本書で書いているが、私が子どものころも、盆や正月には親戚が大勢集まってそれはにぎやかだった。子どものころは漠然と、そのにぎやかさが減じることはないのだろうと思っていた。けれど実際、私が子どもだったころの大人たちは次々と亡くなり、私自身が現時点で家庭を作っていないので、かつて見たような、大人たちが酔っぱらい、子どもたちがそれに飽きて勝手に遊び、ちいさな子が泣きわめくといったような光景とは無縁である。親戚にかぎっては減る一方で、増えるということがない。両親が亡くなり、ついに帰る家もなくなった。

ごく個人的なあの昭和の光景が、私の前で再現されることはもう二度とないのだなと、私はことあるごとに思っていた。母のように嫁いで子どもを産むことで、あのにぎやかさの一端を担うことをしなかった自分に、罪悪感を感じることもある。それはずっと、私にとって喪失だった。けれど本書を読んで、ちがう、と言われた気がした。その喪失は、私の持っていた、いや過去形ではなく、今なお持っているゆたかさなのだと言ってもらえた気がした。

時代に安易に取りこまれることを断固拒否し、自身の足で歩き自身の手で触れ、自身の目で見、その方向を指さしてくれる同世代の作家がいることを、私は本当にうれしく思う。彼女が指さす先には、いつだって私の気づかなかった、見ようとしなかった「今」がある。

（「文春文庫」解説　2009・5）

## ああなんて、楽なのだろう

酒井順子『29歳（ニジュク）と30歳（サンジュウ）のあいだには』（新潮文庫）

以前何かの雑誌で、結婚派vs.非結婚派の論争を読んだことがある。結婚派とはつまり、現在結婚していて専業主婦である女たちであり、非結婚派とは、現在未婚で、仕事を持っている女たちである。

彼女たちは自分の立場（結婚しているとかしていないとか子がいるとか）を、みずから明確な理由を持って選びとったのだと前置きした上で、はげしくたがいを敵視する。結婚派の女たちは、仕事に明け暮れる女をあわれみ、こどもを持たないという選択を批判する。非結婚派の女たちは、専業主婦は仕事ではないと言い、結婚や子育てが女のしあわせだという考えかたを古くさいと排除する。

結婚してこどももいるが仕事をしている、という仕事結婚派も登場し、彼女たちが両者の仲介役になるかと思いきや、彼女たちは歴然とした結婚派で、バトルはさらにヒートアップする。非結婚派は仕事結婚派の仕事は中途半端だと言い、仕事結婚派は非結婚派を「結婚できない」として見下すのである。

なんでここまで、女同士、損も得もないはずなのにたがいをコケにするんだろ、と、私はその記事を読んで思ったのであるが、私自身そういう論争にまったく縁がないかといえばそんなことはない。

こどもを産んだとたん、「こどもっていいわよう、産んだほうがいいわよう」などと迫る出産推進委員会のごとき女友達がたまにいるが、こういう人に出くわした場合、私など真っ先に青筋たてて闘いをいどむ。

さてこれは何か。子を持つ女も専業主婦も仕事女も、かつては机を並べ、教科書で隠してこっそり駄菓子などを食らっていた仲だったのに、年齢を重ねていって「女の敵は女」みたいになるのはなぜなのか。

つねづね私はそんなことを思っていたのだが、その答えはこのサカイさんのエッセイにぜーんぶ書いてある。

サカイさんといえば、日々起こるじつに普通のできごとや、ささやかながら無視できない感情などに、クールな分析をほどこし絶妙な筆さばきでそれを描く達人だが、彼女は本書で、二十代後半から三十代へと突入していく女たちの、感情の襞をじつにユーモラスに暴露している。

このようなテーマについて、ああサカイさんがいてよかった、サカイさんが書いてくれてよかった、と私は心底思うのであるが、それは私がたまたまサカイさんとおなじく、現在未婚・子無し・自営業・都内在住・三十代半ば、結婚願望出産願望特にない、だからではない。世代論に帰結するわけではないけれど、一昔前の女たちの意識と、私たちのそれはおそらく驚くほど変化している。三十歳という年齢にたいするとらえかたがそうだし、結婚・出産にたいしても同じく。

なんでも好きなことをしなさいと育てられたとサカイさんは書いており、多少の差こそあれ、それはきっと世代的な風潮だったのだろうと思う。私が大学を卒業するとき、友人の九割は就職せず（売り手市場だったにもかかわらず）、フリーターという言葉がそういうワカモノのために用意された。やりたくないことを極力避けて、やりたいことに力をそそぐ私たちの世代は、かつて新人類と呼ばれていた。

しかしその新人類だって年をとる。私たち女性の場合、サカイさんの言葉を借りて言うならば長いギャル期にもわかれを告げる。フリーターという立場より、自身の肩書きが必要になってくる。そうして三十歳という年齢は、だれにも平等にやってくるのである……が、では、世間とか仕事とか役割とかへの意識が、以前とまったく異なるかつてのワカモノたちが、どのようにその年齢と、年齢にまつわるもろもろを引き受けるのかは、未だどこにも書かれていない。書かれているとするなら、先ほどの結婚派vs.非結婚派のような、極端なものばかり。かくして私は、何かとても不安になる。これでいいんだろうか。立場の違う友達と結婚や出産について話すことは難しいし、立場が同じであれ、そういう話題はどちらともなく避けていたりする。

サカイさんが書いてくれてよかった、という安堵は、彼女がよくある大げさな検証だの極論だの突飛な例だの、そんなものをじつに用心深く排して、そのするどい分析力をもってして極力「普通」を描こうとする、そのいさぎよい姿勢のためだと思う。

サカイさんや私のような立場（未婚こども無し、結婚出産予定無し）が、普通なのだと言いたいのではない。そもそも何が普通であるのか私にもわからない。

ただ、なーんとなくこうなってしまいました、という感覚が、至極「普通」であると、私は思うのだ。

先ほどの女たちのバトルにおいて、彼女たちは現在の立場を「みずから明確な理由を持って選びとったのだ」と前置きしている。結婚だの非結婚だの子を持つ、持たないだの、数えきれない選択肢のなかから、揺るぎない意志と重大な決意を持って今の立場を選びとり、ある信念があって守り抜いているのだと言下に主張しているわけである。その主張を元に、異なる立場の人間を非難するのだ。

そーんなわけないじゃん、と、このエッセイは言うのである。そうじゃなくて、ただやりたいことをなんとなくやりたいままやってきたら、いつの間にかその場所にいた、それだけでしょう、と。なんとなくやりたくなくて結婚せず、なんとなく仕事を続けている。なんとなくいいかなーと思い結婚して、なんとなく主婦でいる。理由がないから、異なる立場の人間と話を突き詰めなくてはならなくなると、みるみる自分を擁護して、相手を非難し、この「なんとなく」の結果が間違っていないと、だれより自分に納得させたいのである。

実際私がそうだ。サカイさん言うところの趣味的な恋愛派（このくだり、耳が痛かったがむさぼり読んだ）で、なんとなく結婚したくなくて、なんとなくこども産みたくない（だって痛そうだし、ほんと）。けれど、そうしていることに明確な理由も揺るぎない意志もありゃしないわけで、だから、「こどもはいいわよう」などと言われると、むきになって「私は仕事が大事でうんたら」と、はじめるのである。

年齢を重ねていけばいくほど、この「いいわけ」は数多く、多様になっていくが、それと反比例して、私たちはどんどん「楽」になっていく。

年齢を重ねて実感したことのひとつに、確実に楽になった、というものがある。よけいな力が抜け、不必要な競争からはずれる術を知り、自分に合わないものは衝突なく避けて、自分にとって楽なほうを選ぶ知恵も方法も経済力も、以前よりずっとある。

本書から浮かび上がる、二十代から三十代へと駆け抜けていくサカイさんの姿も、なんと優雅に脱力していくのだろうかと思わずにはいられない。部屋に花を飾りたいが花は自分には合わない、と彼女が思うところで、私は大いに笑いながらうなずくのである。そう、二十代半ばごろは花を買って飾る、ということを懸命にしていたけれど、三十歳を過ぎてふと、懸命さを必要とする何ごとかなんておかしいんじゃないか、と現在の私もまた思うのである。かくしてみずからの「ずぼら」を解放する。それが許される。ああなんて、楽なのだろう。

この楽さこそが、私たちの「なんとなく」感に拍車をかける。なんとなくという嗜《し》好《こう》と楽さがぴったり重なる。なんとなく選んだものに失敗は断然少なくなる。

私たちの抱える、なんとなくやりたいことをする、というある種の楽さを、サカイさんはとてもよく知っていて、そのうえで肯定していると私は思う。たとえばサカイさんは、本書のなかで言う。

そして、

「私にとってはこれで、幸せなの」

というちょっと乱暴な言い分が通ってしまう今の世の中は、女性にとっては結構良い世の中なのではないかなぁ、とも、思うのですが。

私もそれに賛成である。結婚しないまま仕事を続けている理由を百も言えるその陰で、私自身はのほほんと、なんとなく好きなことをやっていればいいのだ、と思う。好きなことをしなさい、いやなことを我慢するくらいならしなくていい、そう言われて育ってきた私たちは、ひょっとしたらとてもあたらしい道を歩いているのかもしれないと、このエッセイを読んでいて幾度も思った。だから、できることなら、三十九と四十歳のあいだとか、四十四と四十五歳のあいだとか、サカイさんに書いていただいて、そのあたらしい言葉にうなずきつつ、ほのかな焦りや不安や、自身を解放する楽さを共有しつつ、年齢を重ねていきたいなあと、私は思っている。

（「新潮文庫」解説　2001・7）

## もうひとつの小説との接し方

酒井順子『金閣寺の燃やし方』（講談社文庫）
柳田国男『新版 遠野物語 付・遠野物語拾遺』（角川ソフィア文庫）

酒井順子さんというとどうしても、軽妙な語り口と鋭い視点で、「今」のあれこれをずばりと描くイメージがあって、だから、三島由紀夫と水上勉という、まったくタイプの違う作家二人を取り上げた新刊『金閣寺の燃やし方』は、意外だった。

昭和二十五年、年若い修行僧が金閣寺に放火する。その事件に興味を持ち、その興味を小説というかたちに仕上げた、二人の作家。作者は、この二人の生まれたときの記憶にまず触れる。三島由紀夫が、生後すぐに見た光景を覚えていると書いているのは有名だが、水上勉もまた、生まれてまもなく聞いた音について書いているのは、知らなかった。三島は「光り」を見、水上が聞いたのは得体の知れない「暗い音」。そうして、それに象徴されるかのような二人の生い立ち、成長過程、背景、気質を、作者は細かく分析し、そして、金閣寺放火事件を二人がどんな角度から見ていたのかを精密にあぶり出していく。

また、三島が『金閣寺』の美を書いたからこそ、水上勉は美以外の金閣寺として『五番町夕霧楼』『金閣炎上』を書いたのだ、という作者の指摘にははっとした。小説というものは、ただひとつで存在しているわけではない。連綿とそんなふうに連なり合いかかわり合っているという、もうひとつの小説との接し方を、知らされたように思ったのだ。

二人の作家の分析にとどまらず、この二者の感覚、金閣寺への近づき方をして、作者は、戦後日本と日本人の意識のありようなのではないかとする。作家論、作品論でありながら、最後にはもっと大きく広げて魅せる手腕は、見事である。

本作は、作者のまさに新境地であると思うのだが、しかし作家それぞれの分析に、この作者独特のお茶目な距離感があって、やはり酒井順子さんの作品だと思わせる。そのお茶目な距離感は、三島由紀夫からも水上勉からも、文豪臭ではなく人間臭を引き出してくれるのである。

岩手県の遠野を訪れる機会があって『新版 遠野物語 付・遠野物語拾遺』を読みなおした。この本が発刊されて、今年で百年目だという。こちらは、酒井さん書くところの水上勉の世界観に近い日本の姿だろう。湿度と粘りのある、下へと向かう目線でとらえた世界。

　まるで聖書の節のような番号がつけられ、感想も解釈も交えず淡々と聞いた話だけを書き並べていく手法は、読み進めば進むほど不気味な場所へと誘いこむ。河童《かっぱ》や座敷童《ざしきわらし》、神隠しといった民話の背景には、遠野という場所の持つかなしい歴史があるのだと、土地の人々に教わった。多くの物語の背景に、死の気配がある。そうして読みなおすと、ひとつひとつの民話が、たんなる怪談奇談ではなくて、生きることに肉薄した記録に思えてくる。この伝承民話の持つゆたかさがもっと広く、もっと奥深く立ち上がってくるように思う。百年前の闇と、闇を知る人の心は、こんなにもあたたかかったのかと、思うのである。

（「サンデー毎日」2010・12・19）

## ひとをゆたかにする場所

岡崎武志『古本生活読本』（ちくま文庫）

世のなかには、役にたつこととたたないことがある。異国の野菜の名前をいくら知っていても実生活にはまるきり役にたたないが、鮮度を失わない野菜の保存方法はたいへんに役だつ。受験のための傾向と対策はおおいに役だつが、参考書の誤植さがしなんて時間の無駄である。そういう意味でいえば、この本は、まるっきり役にたたない側の代表選手である。それはもう、いさぎよいほどに、小気味いいまでに、隅々まで、実生活の役にたたない。むしろ、生活に支障すらきたすのではないか。

この本が私たちに教えてくれるのは、一言で言えば古本のたのしみである。古本屋にいったことのない初心者には古本屋への足の踏み入れ方、ときどき古本屋にいくという中級者にはさらに古本を楽しむ方法、専門用語を駆使できる上級者には古本業を営む道筋と、どんな人が読んでもどこかしら入り口を見つけられる、扉の多い本である。しかし、役にはたちません。これを読んでも大儲けもできないし、恋愛がうまくいくこともないだろうし、まして成績があがることも、家庭円満になることもない。むしろ、そのすべて、逆かもしれない。

読んでいてつくづく思うのは、岡崎さんはどこかおかしいということだ。ご自分でも本書のなかで「ビョーキだ」と言っている。本当にそうだと思う。だって、毎日毎日、いい年をした大人が、古本屋を訪ねずにはいられないのだ。雨が降っても嵐でも、この人はどこかの古本屋に出かけていく。そうして何か買いものをしてくる。「何か」といったってもちろん、それは安売りのトイレットペーパーでもなければ松阪牛でもない、古本。毎日毎日、古本を買って帰ってくる。金は出る、時間は食う、本はたまる、家は狭くなる。いいことなんかひとっつもないのに、それでも毎日岡崎さんは出かけていく。

なぜか？　ビョーキだから？　よしんばビョーキだからとしましょう、しかしなぜこの人は、そんなビョーキにかかったのか？

たのしいからである。単純に、古本屋はたのしい。そのたのしさは一種類ではなくて、何通りものたのしさがある。その種々のたのしみを、本書はじつにていねいに、惜しげもなく私たちに教えてくれる。

私は岡崎さんほどではないが古本屋には昔からよくいく。単純に、新刊書店より安く、ほしい本が揃っている場合が多いからだったが、古本屋に通ううち、ある不思議な印象を持つようになった。自分の嗜好、好みを中心とした、不思議としか言いようのない糸が張り巡らされていることに気づくのである。これは新刊書店では絶対にあり得ないことだ。

たとえば、高田馬場の古本屋で、作者も作品名も聞いたことがないのに、興味を引かれる本に出合ったとする。その本は確実に私を呼んでいる。手にとってしまう。レジに持っていってしまう。帰りの電車のなかで読み出して、びっくり仰天する。著者もタイトルも知らなかったことが不思議に思えるほど、自分の好みにぴったんこの本なのだ。そうすると、その本を書いた人の別の本も読みたくなる。その本に書かれている時代や世代、事件や友人のことが知りたくなる。

しかし、ずぼらな私はそんなこともすぐ忘れてしまう。忘れて雑事に忙殺されて、半年後、たまたま（待ち合わせ時間より早く着いたとか、そんな理由で）立ち寄った店で、また本に呼ばれる。それは果たして、半年前に読みたい、知りたい、と思ったことの関連書なのである。もちろん買う。するとさらに、その本が見知らぬところへ糸をのばしている。こんなふうに、一冊の本、ひとつのちっぽけな興味が、縦横無尽に糸をのばしていて、あるときふと、その糸に忠実に歩いていることに気がつき心底驚くのである。

ちっぽけなことではあるが、しかしその糸の存在を知ると、神さまって本当にいるんじゃないかとすら思えてくる。この世の偶然はみな意味ある必然ではないかと思えてくるのだ。

その糸全体を俯瞰してみると、自分の知識欲というものが見えてくる。知っていたほうが得だとか、知らないと恥ずかしいとか、そういう損得のまったく絡まない、ぴかぴかに純粋で無垢な知識欲。自分のなかにそれを見つけたときは、感動する。壊さないよう、なくさないよう、大事にしてあげたくなる。

この糸、新刊書店ではなぜか存在しない。古本屋にしか、あり得ない偶然なのである。

岡崎さんが、本書で書いている伝書鳩のエピソードもそうだ。伝書鳩の糸に導かれて、岡崎さんはさまざまな本を手にする。このくだり、私はミステリを読むように夢中になってページを手繰った。へえ、ほう、うそお、すごい！　と、胸の内でいちいち叫びながら。

だってほんの少し前に、新聞社の伝書鳩が記事を運んでいたなんて、信じられない。すごい話である。たしかに、伝書鳩のあれこれを知ったって実生活には役だたない。

「だから？」と訊かれたら答えに窮する。けれど、正真正銘、かけねなしにわくわくする話ではないか。

知っていたほうが飲み屋でもてるとか、知らない人とでも話題がとぎれないとか、損得計算のまるで太刀打ちできない、赤子の肌のようにつるっつるな、著者の知識欲を私はまぶしく見上げてしまう。そうして、その知識欲を満たす古本屋という場所に、なにやら畏敬の念すら抱いてしまう。

また、本書を読んでいると、古本屋を透かして人の姿が見えてくる。本が好き、読むのが好き、触れるのが好き、眺めるのが好き、何かを知ることが好き、夢中になって読むのが好き、古本屋を通して、いろんな人の、それこそつるっつるに無垢な好きという気持ちが見えてくる。もちろん、古本屋という古本屋が、損得勘定抜きの美しい場所だなんて思わないが、しかし実生活に役だつ何かを、役だたない何かが圧倒的に凌駕した場所だというのは、間違いがない。そういう場所が私たちの国にあって、なおかつ今後もあり続けるだろう、と思うとき、私は何か、すごく安心するのである。なんだか大丈夫なような気がしてくるのである。ひとをゆたかにするのは、役にたつ何かや損しない方法ではなくて、まったく役にたたない無駄なことどもに違いないはずだから。

本書が指南する古本のたのしみは、知らなくたって充分生きていける。けれど、ここに書かれている種類のたのしさは、たぶんほかのことでは味わえない。古本だけが与えてくれるものである。そういうたのしみを分けてくれる太っ腹な著者に、私はたいへん感謝する。

（「ちくま文庫」解説　2005・1）

［ハ行］



［マ行］



［ヤ行］

# 【著者名索引】

［ア行］



［カ行］

本書のプロフィール

本書は、二〇一四年六月に単行本として小学館より刊行された同名の作品を、文庫化したものです。

小学館文庫

# ポケットに物語《ものがたり》を入《い》れて

著者　角田光代《かくたみつよ》

二〇一七年四月十一日　初版第一刷発行

発行人　菅原朝也
発行所　株式会社　小学館
〒一〇一-八〇〇一
東京都千代田区一ツ橋二-三-一
電話　編集〇三-三二三〇-五六一七
　　　販売〇三-五二八一-三五五五
印刷所――大日本印刷株式会社


ISBN978-4-09-406412-4